KB066446

그래도
행복해

그래도 행복해
신희지 · 이강조 지음

초판 인쇄 | 2015년 12월 15일
초판 발행 | 2015년 12월 20일

지은이 | 신희지 · 이강조
펴낸이 | 신현운
펴낸곳 | 연인M&B
기 획 | 여인화
디자인 | 이희정
마케팅 | 박한동
등 록 | 2000년 3월 7일 제2-3037호
주 소 | 143-874 서울특별시 광진구 자양로 56(자양동 680-25) 2층
전 화 | (02)455-3987 팩스 | (02)3437-5975
홈주소 | www.yeoninmb.co.kr
이메일 | yeonin7@hanmail.net

값 11,000원

ⓒ 신희지 · 이강조 2015 Printed in Korea

ISBN 978-89-6253-172-5 03810

여성 장애인 여덟 명이 전하는 행복한 삶의 이야기

그래도 행복해

신희지 · 이강조 지음

연인M&B

한 사람 한 사람의 삶의 이야기는 참으로 소중합니다. 더군다나 삶의 이야기는 누구와 비교할 수 있는 것이 아니기에 더욱 소중하며 그 사람만이 써내려 가는 고유한 영역이기에 모두 다 소중합니다.

그럼 소중한 삶의 이야기에서 행복한 이야기는 어떤 것일까요?

행복을 발견한 사람이 하는 이야기가 아닐까 싶습니다.

어느 날 내 삶 안으로 들어온 장애라는 것, 그것이 나의 일부가 되고 선물이 되어 오늘을 살고 있는 여성 장애인들의 소소한 삶을 전문작가의 인터뷰를 통해 엮어 보게 되었는데 드디어 출판하게 되니 기쁨이 앞섭니다.

먼저 소중한 삶의 이야기를 기꺼이 나누어 주신 8명의 자매님들께 깊이 감사드립니다. 쉽지 않은 인생 여정을 긍정적으로 바라보시면서 삶의 성찰을 통해 행복을 찾고 발견하기를 계속해 가시는 모습에 가슴이 뭉클해지고 한 분 한 분을 위해 기도하게 됩니다.

그리고 8명의 자매님들을 여러 번 만나 인터뷰를 하면서 그분들의 삶의 이야기를 경청하시면서 엮어 주신 지리산 행복학교의 신희지 작가님과 이강조 기획과장님께도 마음 깊이 감사의 마음을 전합니다.

> 사랑은 모든 것을 덮어 주고
> 모든 것을 믿으며
> 모든 것을 바라고
> 모든 것을 견디어 냅니다.(1고린 13:7)

이 책을 읽는 여러분에게 여성 장애인의 행복한 삶의 이야기로 초대하면서 장애를 가지고 있음으로 보이는 아름다운 세상에 대해 함께 발견하고 감탄하며 그 기쁨을 공유하는 행복의 장이 되시길 소망합니다.
햇살 가득한 축복을 전합니다.

성프란치스꼬장애인복지관장

이선영 데레사 수녀

| 차례 |

그 소중한 순간들 이강조

숲 속 흰수염고래

신희지

숲 속 흰수염고래

바다에 사는 흰수염고래를 아시나요? 모든 동물 중에 가장 큰 고래지만 절대 사람을 해치지 않고 그저 작은 크릴새우와 플랑크톤만을 먹고 산다고 하지요. 이 고래는 그래서 착한 바닷물고기로 통합니다.

세상이라는 큰 바다가 있습니다. 그 바다에서 사람들은 저마다 자기들이 맡은 역할에 따라 일을 하고 움직입니다. 간혹 웅크려 있는 이도 있습니다. 어디로 가야 할지, 무엇을 해야 할지 마음은 바다로 내닫는데, 생각은 흰수염고래처럼 커다란데, 헤엄치는 법을 잊어버린 것처럼 멈춰 있는 이도 있습니다. 그럴 때 김소영, 그녀가 찾아갑니다. 크릴새우를 한 움큼 들고 플랑크톤처럼 푸르게 그녀가 가서 손을 내밉니다. 그녀는 작지만 내미는 손은 큽니다.

한국척수장애인협회에서 센터장을 맡고 있는 김소영은 하루가 어떻게 지나가는지 모르게 바삐 움직입니다. 오전 9시가 채 안 된 시간에 전동휠체어를 타고 지하철을 이용해 출근하는 사람들 사이를 고래처럼 유영합니다.

여의도로 오는 길은 1급 척수장애인인 그녀에게 쉬워 보이지 않지만 그녀는 익숙하게 사무실로 들어서서 밝게 인사하는 것으로 하루를 시작합니다. 그녀가 맡은 업무는 도시와 지방에 있는 척수장애인센터의 총괄관리입니다. 사업이 잘 돌아가는지, 운영은 잘 되는지, 모두 돌아보아야 합니다. 일의 특성상 지방 출장도 잦습니다. 5월과 6월은 특히 더 출장이 많은데 대중교통을 이용해 주로 다닙니다.

이외에도 복지부에 가서 정책 제안도 해야 하고 척수장애인들을 대변하여 각종 토론회, 공청회, 세미나를 종횡무진 돌아다녀야 합니다. 지난해부터는 대한척수손상학회, 대한재활의학회와 MOU를 맺어 재가장애인들을 돕는 일도 하고 있습니다. 의사나 치료사들이 어찌해 줄 수 없는 장애인 환자의 경우 가서 상담하고 돌봐 주기도 해야 합니다. 흔한 말로 발이 네 개여도 모자랄 일을 전동휠체어에 의지해 하고 있습니다.

작고 단단한 몸의 어디에서 그런 에너지가 나올까요? 야무지고 다부져 보이지만 비장애인도 벅찬 일들을 모두 다 해내고 있습니다.

"그나마 올해는 인원이 한 사람 보충되어 다행이에요. 작년까지만 해도 출장 다니고 사무실 서류 업무까지 다 하다 보니 좀 힘들더라고요."

척수장애인은 단순히 움직일 수 없는 것에서 끝나지 않고 다른 장애를 가져오기가 쉽습니다. 간격을 두고 찾아오는 자율신경과반사로 하체가 많이 떨리기도 하고 방광에 인지가 잘 안 되어 배뇨해야 할 때를 놓치면 혈압이 올라가거나 식은땀이 나기도 합니다. 종종 소변 줄이 막혀서 응급 상황이 오는 경우도 많고 욕창은 흔한 일이고 늘 앉아 있다 보니 뼈가 약해서 자칫 다리가 부러지는 골절도 생깁니다. 그런 경우 치유도 잘 안 되고요.

이런 악조건 속에서 그녀는 일합니다. 그러니 그녀 앞에서 웬만한 일로 힘들다고 하는 건 엄살이 됩니다.

그녀는 체조 선수였습니다. 충북 괴산에서 태어난 그녀는 교사인 아버지 덕분에 어릴 때부터 장난감보다 낱말카드를 가지고 노는 일이 더 즐거웠다고 합니다. 또릿또릿했던 그녀는 공부에 남달리 관심이 많았습니다. 아버지는 그녀가 공부를 잘해서 무언가 특별한 어떤 일을 하지 않을까 내심 기대도 했습니다.

하지만 가족들이 모두 청주로 이사하면서 전근 명령이 늦게 떨어진 아버지와 잠시 떨어져 있는 사이 체조를 시작하게 됩니다.

"전학을 갔는데 4학년 전체 학생들을 운동장으로 부르더니 달리기, 매달리기 이런 운동을 시키는 거예요. 그런데 아이들이 도시에 살아서 그런

지 잘 못하더라고요. 저야 시골에서 살아서 우리는 맨날 노는 게 달음박
질이니 그쯤은 쉽지요. 100명 이상이 뽑혔어요."

체조라는 걸 시골 소녀는 잘 알지 못했습니다. 그냥 널따란 체육관을
마음대로 드나들 수 있다는 게 신기하고 즐거웠지요.

생각해 보니 78년도에 몬트리올올림픽을 보았던 기억이 생각납니다. 평
균대였는데 사실적인 느낌보다 TV 속이라 저런 모습이 나오나 하는 생
각도 들었다고 합니다. 어린 소녀에게는 신기하고 낯선 풍경이었습니다.
그런데 자신이 그런 체조를 한다는 것에 그녀는 사뭇 경도되어 왔습니
다. 무엇이든 적극적인 그녀는 잘하고 싶었습니다.

가을에 전학을 가서 가자마자 체조반에 들어갔는데 겨울이 오기 전 많
은 아이들이 포기하고 가는 모습을 보았습니다. 아이들이 떨어져 나갈
수록 소녀는 자기의 꿈은 체조 선수라는 목표를 더 확실히 정합니다.

"아빠가 나중에 청주로 전근 오셔서 제가 체조반에 들어간 걸 아시고
엄청 말리셨어요. 그게 얼마나 위험하고 힘든 길인지 아냐고요. 아빠가
엄해서 어지간하면 말을 듣는데 체조를 그만두라는 말은 듣기 싫었어요.
무조건 고집을 피웠지요. 아빠가 체육 선생이신 동료 교사들까지 만나게
해서 못하도록 말리셨는데 제 귀에는 하나도 안 들어왔어요. 결국 아빠
가 니가 선택했으니 하려면 대충하지 말라고 하셨지요."

체조를 시작하고 5학년 말쯤 아시안게임이 서울에서 개최된다는 소식을 듣습니다. 소녀, 김소영에게는 목표가 한층 더 가까이 다가옵니다. 그 옛날 TV에서 보던 것처럼 자신도 훨훨 나는 모습을 모두에게 보이는 날이 멀지 않았다는 생각이 들어 가슴이 설레어 왔습니다. 누구보다 더 소녀는 열심히 운동을 합니다. 말리다 결국 밀어주기로 한 아빠는 소녀에게 든든한 배경이었습니다.

그런 아빠의 기대를 저버리지 않고 그녀는 중학교 2학년 때에 86년 아시안게임에 나갈 수 있는 국가 대표 선수가 됩니다.

"운동한 지 얼마 안 되었는데 옆에서 보기에도 놀라운 일이 벌어졌어요. 정말 가슴이 벅찼지요."

그 기쁨은 말할 수 없었습니다. 9월 중순 시합을 앞두고 태능선수촌에 입소하면서 시합이 얼마 남지 않았다는 긴장감과 벅찬 감정이 수시로 교차되었습니다.

선수촌에서는 강도 높은 훈련과 실전 연습이 계속되었습니다. 어린 소녀가 견디기에는 쉽지 않았지만 그녀는 잘 버티었습니다. 그날 딱, 그날 하루 그녀는 조금 힘들었습니다.

"8월 28일이었어요. 평생 잊을 수 없는 날이죠. 태풍이 왔던 것 같아요. 비가 많이 왔어요. 그래선지 컨디션도 안 좋고 몸도 많이 피곤했지요. 전날 올림픽 참가 선수들을 위로한다고 이벤트를 해 줬는데 그래서인지 더 피곤했어요. 그런데 같이 운동하던 우리 팀 다른 선수가 저처럼 몸이 안 좋았는지 하루 연습을 쉰데요. 저도 쉬고 싶었는데 그러면 다른 선수들이 힘들어요. 돌아가면서 반복적으로 운동을 하니 순서가 빨리 돌아오거든요. 다섯일 때는 네 사람이 뛰고 다음이지만 넷이면 세 사람이 뛰고 그다음이니 순서가 빨리 돌아오잖아요. 몸도 힘든 날 한 사람이 빠지니 죽을 맛이었어요. 평행봉에 올라서는데 몸을 날리는 순간부터 기억이 없어요. 나중에 정신이 든 것 같은데 앞이 하나도 안 보이는 거예요. 안개가 낀 것처럼 뿌옇고 내가 죽은 건가? 그런 생각도 잠시 나고 뭐가 잘못됐구나 싶은데 여기서 포기하고 싶지 않다는 생각이 들었어요. 일어서려는데 몸이 움직이지는 않았어요. 그래도 필사적으로 몸을 흔들었지요. 겨우 목만 움직였어요. 그러자 갑자기 엄청난 통증이 밀려오더라고요."

온몸의 뼈가 부서진 상태였는데 목을 흔드니 뼛조각이 신경을 끊고 나간 것이었습니다. 중학교 2학년, 꿈 많고 다부진 소녀는 병원에 실려 가면서 부모님 연락처를 묻는 병원 관계자에게 연락처를 알려 주고 싶지 않았습니다. 기대를 내심 엄청 하고 있는 부모님께 실망을 드리고 싶지 않았던 거지요. 소녀는 이 현실의 영문을 알 수 없었습니다.

"왜, 나한테 이런 일이!"

가혹한 현실 앞에서 그녀는 막막했습니다.

"많이 울었어요. 앞으로 어떻게 살아야 하나? 정말 너무 힘들었어요."

세브란스 병원에 입원한 어린 그녀는 움직이지 못하는 자신의 몸을 내려다보는 것이 너무 고통스러웠습니다. 그렇게 자신을 어쩌지 못하는 사이에도 시간은 흘렀습니다.

"조금씩 주위를 둘러보니 같은 병실에 뇌병변이나 자폐 아이들이 보이기 시작했어요. 그때 처음 알았어요. 선천적으로 장애를 가지고 태어나는 아이들도 있다는 걸요. 제가 다치기 전까지 저는 장애라는 것을 몰랐어요. 장애인이 있다는 것도요. 나중에 생각해 보니 시골 우리 마을에도 지적장애아가 있었어요. 말도 잘 못하고 애들하고 안 놀고 혼자 개울가에서 자기 신발 가지고 놀다가 떠내려 보내는 애가 있기는 했지만 그게 장애인지 몰랐어요. 근데 병원에서 오랫동안 머무는 뇌성마비 아이들의 표정이 너무 해맑은 거예요. 그애들이 제게는 스승 같은 존재였어요."

뇌병변장애아들의 꾸밈없는 미소를 보면서 그녀는 다른 세상이 보이기 시작했습니다.

"제가 비위가 약하거든요. 그 친구들 밥 먹을 때 많이 흘려요. 혼자서 먹지 못하는 아이들도 있고요. 밥을 먹여 주면 다시 나왔다가 그걸 도로 넣어 주고 그래요. 그런데 그렇게 밥을 먹는 뇌병변장애 친구를 보면서 더럽다는 생각이 진짜 안 들었어요. 저희 엄마가 그런 제가 너무 신기했데요. 제가 본래 좀 깔끔을 떠는 편이었거든요. 저는 그런 친구들하고 있어서 그런지 타 장애에 대한 이해가 많아요. 보면 뇌병변인지 지적장애아인지 자폐인지 금방 알 수 있어요. 그중에 아직도 잊혀지지 않는 아이가 있는데요. 열여섯 살인 남자아이에요. 관절이 틀어져서 눈 깜빡이는 걸로 예, 아니오,만 의사표시를 하는 또래 친구였어요. 그 친구를 보니까 마음이 많이 아프더라고요. 내 장애가 제일 큰 줄 알았는데 그래도 나는 16년이나 건강하게 살았구나 싶으니까 고마운 마음이 들더라고요."

어린 그녀는 사고를 당해서 움직이지 못하지만 자신이 살아 있는 이유가 있을 거라는 생각을 합니다. 장애인이 되었어도 자신의 몫이 있을 거라고요. 열여섯 살, 소녀는 기특하게도 자기 인생에 대해 더 깊이 생각합니다.

그녀는 2년 4개월의 병원 생활을 마치고 집으로 돌아옵니다. 그녀로 인하여 가족들도 모두 청주에서 서울로 와 있었습니다. 자신의 몸이 힘든 것보다 가족들에게 미안한 마음이 더 앞섰습니다.

"엄마가 제 병간호를 해야 해서 청주에서 다니기가 힘드니까 저 때문에 가족들이 모두 청주에서 떠나왔어요. 제 동생은 그때 중학교 3학년이었는데 전학이 어려워서 거꾸로 청주로 학교를 다니기도 했어요."

형제들에게 많이 미안했던 그녀는 혼자 침잠해 들어갑니다.

"그때 하나님은 계실까? 라는 가장 근본적인 질문을 하게 되었어요."

절망과 희망이 교차하던 시기, 휠체어를 타고 겨우 병실 밖을 나오면서 별을 보고 눈물을 흘리던 그때, 그녀는 스스로에게 끊임없이 질문을 던집니다. 그녀는 하나님을 보았고 신앙으로 그 모든 것들을 극복해 나갑니다.

"제가 장애인이 되었어도 살아 있다면 분명 무슨 이유가 있을 거라는 생각을 했어요."

그리고 하루 종일 집에 혼자 누워 할 게 없었다는 그녀는 체조를 하느라 놓았던 공부를 처음부터 다시 합니다.

"한동안은 검정고시 책을 사다 놓고도 보지 않아서 나중에 보려고 펼치려니 책들이 다 눌어붙어 있었어요."

무엇인가 다른 생각을 하고 싶지 않았던 그녀는 공부에 좀 더 매달립니다. 그렇게 중학교와 고등학교 졸업 자격시험을 따고 영어 공부에 매진합니다.

그런데 어떻게 나한테 이런 일이 벌어질까? 하는 절망을 주는 일이 또 벌어지고 맙니다. 그녀의 정신적 지주였던 아버지가 세상을 떠나 버린 것입니다. 갑작스런 심장마비였습니다. 누구도 예기치 못한 일이었지요.

"내가 다친 건 다친 건데 이거하고는 또 다른 절망이더라고요. 장애는 내가 극복하고 내가 어떻게 하면 되는데 아빠가 떠나셨다는 건 내가 어떻게 할 수 없는 거잖아요. 너무 무기력했어요. 내 자신이 아무것도 아닌 존재구나 싶고 죽음에 대한 생각이 많이 들었어요. 지나 놓고 보면 다른 이야기들은 편하게 얘기할 수 있지만 아빠의 죽음이 제 인생에서는 가장 힘든 일이었어요."

부모의 부재에서 특히 아버지의 죽음은 천붕지통(天崩之痛)이라고 합니다. 하늘이 무너지는 큰 슬픔이라는 뜻이지요. 더구나 불편한 몸으로 세상에 의지할 데라고는 부모밖에 없는 그녀에게 그것도 가장 큰 부분이 아버지인데 그런 분이 돌아가셨습니다. 절망은 연거푸 그녀를 뒤흔들었습니다.

여자가 아닌 소녀가 겪어야 하는 아버지의 부재를 저 또한 경험해 보아서 누구보다 공감이 갑니다. 제 자신의 혼을 반쯤은 놓아 버리는 고통이지요.

"아빠가 돌아가시고 제가 학교를 갔어요. 아빠는 제가 무언가를 하는 모습은 하나도 보지 못하셨어요. 제가 토플시험을 보고 그 성적으로 미군부대 내에 있는 메릴랜드 분교에 입학할 때 누구보다 그 모습을 아빠에게 보여 주고 싶었는데 너무 아쉬웠어요. 아빠는 늘 제 시험 성적을 궁금해하고 같이 걱정해 주고 그러셨는데 제가 노력하는 과정만 보고 결과는 못 보고 가셨거든요. 아빠가 보았으면 얼마나 좋아하셨을까! 행복한 만큼 가슴 아팠지요. 돌아가시기 전날도 술 한 잔 하고 오셔서 '그러게 아빠가 말릴 때 하지 말지', 하면서 당신이 못 말린 걸 무척 후회하셨어요."

그녀의 아버지는 그녀가 다친 지 바로 7년이 되던 날, 하필 그녀의 음력 생일 다음 날 돌아가셨습니다. 그래서 그녀는 그날을 더 잊을 수 없다고 합니다. 아빠의 기일이 그녀의 생일과 겹쳐집니다. 태어난 그날까지도 잊어버리고픈 시간들이었습니다. 그녀보다 그녀의 장애를 더 못 받아들이고 힘들어 했던 아버지는 그렇게 홀연히 그녀를 떠나 버렸습니다.

"다친 건 힘들었지만 그래도 체조를 한 건 한 번도 후회하지 않아요. 어차피 이건 제 운명이니까요."

한동안 그녀는 체조에 대한 미련을 버리지 못합니다. 체조 시합이 있다는 일정을 알게 되면 모두 다 찾아가서 보고는 했습니다.

"몇 년을 그렇게 쫓아다녔어요. 병원에 있을 때도 가고 올림픽도 다 봤어요. 그런데 어느 날 내가 이렇게 과거에 붙들려 살면 미래가 없겠구나 하는 생각이 들더라고요. 내가 다시 체조를 하게 될 때까지 잊어버리자고 마음을 다잡았어요."

그녀는 아예 하루 날을 잡아 종일 큰 소리를 내며 웁니다. 모든 것을 내려놓는다는 것이 말처럼 쉽지 않았을 겁니다. 현실을 인정했다고 생각했지만 자신이 원하는 자신과 어쩔 수 없이 받아들여야 하는 자신 사이에서 얼마나 많은 생각들이 있었겠습니까! 비로소 그녀는 자신을 편하게 놓아 주려고 눈물 속에 지난날을 묻습니다.

"꿈에서라도 체조를 했으면 하던 때도 있었어요. 그런데 꿈도 너무 원하니 잘 안 꿔지데요. 어쩌다 꿈을 꾸면 잘 못하더라고요. 뛰어야 하는데 못 뛰고 팔이 안 움직이고 막 그랬어요. 가끔 잘 하는 꿈을 꾸는 날이면 기분이 참 좋았어요. 그나마도 요즘은 횟수가 점점 줄어드네요."

세상은 마음먹기 나름이었습니다. 그렇게 미련이 남았는데도 막상 떨치니 견딜 만했습니다. 이후로 세상이 좀 더 가까이 다가왔습니다. 그래서 토플 시험에도 더 적극적이었고 대학교도 갈 수 있었습니다.

세상에 가슴 아픈 일이 다 나쁜 것만은 아닌가, 봅니다. 아버지를 떠나보낸 그 고통으로 그녀는 다른 사람의 고통도 알게 되었다고 합니다. 사랑하는 이를 떠나보낸 이의 슬픔에 공감할 수 있는 마음이 그런 아픔이 없었다면 가능할까 하는 생각도 들게 된 것이지요.

그녀는 천국에 계시는 아버지가 본다는 생각으로 부단히 자신을 단련합니다. 결국 뜻이 있으면 길이 열린다는 믿음으로 장애에 굴하지 않고 미국 유학길에 오릅니다.

"많은 이들의 도움이 있었어요. 제가 롤모델로 삼고 있는 분이 있는 데요. 다이빙 사고로 사지가 마비된 조니 에릭슨 타다(Joni Eareckson Tada)라는 분이네요. 그분이 만든 선교회 조니앤프렌즈(Joni&Friends)에서 학비 장학금도 받았고요. 생활비는 70년 개띠인 제 또래 교회 친구들이 후원회를 만들어서 도와줬어요. 그때가 IMF 이후라 다들 형편이 좋지 않았는데 정말 고마웠어요."

　그녀는 미국 서부 캘리포니아에 있는 마스터즈 컬리지(Master's College)를 1년 학비만 들고 가서 6년 동안 다니다 한국에 돌아옵니다. 유학하는 동안 그녀는 자신도 누군가에게 도움을 줄 수 있는 사람이 되어야겠다는 다짐을 합니다. 그래서 외롭고 힘들었지만 그 시간들을 견딜 수 있었습니다.

　유학 덕분이었을까요? 장애인이라고 못할 게 없다는 자연스런 사고가 몸에 배어 감히 이전에는 상상도 하지 못했던 장애인 스키캠프를 처음으로 열게 됩니다. 물론 그 이전에도 장애인 스키캠프는 있었습니다. 각 분류별 장애인들을 초대해서 탈 수 있는 사람만 타는 것이었지요. 그녀도 거기에 따라갔는데 구경만 해야 했습니다. 왠지 그런 상황이 무척 억울했습니다. 그래서 자신도 스키를 타야겠다는 생각에 진행했다고 합니다.

"사실, 참 무식했어요. 그래서 과감히 진행할 수 있었지요. 지금은 하라고 해도 못해요. 근데 그때는 지금보다 더 힘든 상황인데도 했어요."

늘 어떤 일이 진행되면 상황이 어떻든 간에 얼마나 그 상황을 원하는가가 일을 만드는 동력이 되고는 합니다. 그것의 힘은 바로 열정이지요. 그녀는 그 열정으로 일을 진행했습니다.

어릴 적 고작 137cm의 키로도 농구를 해서 자유투 10개 중 반절은 넣었다는 그녀입니다. 운동선수였으니 운동신경은 매우 단련이 되어 있었겠지요. 일요일이면 10km씩 뛰던 어린 소녀는 그런 기억으로부터 스스로를 토닥이며 살아갑니다. 그녀의 인내를 감히 짐작이나 할 수 있을까요? 그 평안에 박수가 저절로 쳐집니다.

척수장애는 중도장애가 많습니다. 처음에는 비장애인이었다가 장애인이 되는 경우지요. 이런 경우 그들의 장애 극복에 비장애인이 심적인 도움을 주기가 어렵습니다. 가족이 애를 써도 갑자기 당한 장애에 대한 분노로 도움을 거부하는 이도 있습니다.

"사실 아프지 않은 사람이 아픈 사람에게 충고나 조언을 하기가 쉽지 않지요. 같은 입장이 아니면 섣불리 얘기할 수 없는 부분이 많아요. 중도장애는 가족 교육도 필요해요. 본인도 어떻게 해 나가야 할지 막막한데 가족도 마찬가지거든요. 요청이 들어오면 이 사회를 어떻게 살아가야 할지, 뭐부터 먼저 배워야 할지 알려 준답니다."

장애는 서서히 예고하면서 다가오는 것보다 갑작스런 경우가 대부분입니다. 초기에 어떻게 헤쳐 나갈지 아는 것이 앞으로의 삶에 가장 큰 영향을 미친다고 하네요.

"저희 부모님도 제가 다쳤을 때 평생 누워서 지내야 하는 줄 알았어요. 장애를 입고 나서 처음 만나는 사람에 의하여 그 사람의 운명이 결정되어 진다고 봐도 무리가 아니에요. 잘 생각하면 예전에 누렸던 삶과는 다르지만 자기가 가진 능력 안에서 밥도 하고 청소도 하고 다 할 수 있거든요. 그런데 주위나 본인 자신 모두 장애인이 되었으니 아무것도 할 수 없다고 생각해요. 그게 아닌데요."

오리가 그렇다고 합니다. 알에서 깨어나 처음 만난 이가 어머니라고 생각해서 졸졸 따라다니며 배운다지요. 제2의 인생을 새로 시작해야 하는데 이 상황을 제대로 이해하거나 경험이 있는 이의 조언이 무엇보다 절실한 이유가 이것입니다. 학생이었다면 다시 학교로 돌아가고 직장인이었다면 자신의 상태에 맞는 일을 할 수 있다는 인식과 용기를 가져야 하는데 몰라서 허둥대는 경우가 많다고 합니다.

제가 그녀를 만나러 두 번째 센터를 찾아갔을 때도 그녀는 누군가와 상담을 하고 있었습니다. 사고로 하반신 마비가 된 청년이었는데 유학을 준비하고 있다고 했습니다. 부모님은 몸이 성치 않은 자식을 외국에 보내는 일에 마음이 놓이질 않아서 반대하고 있다고 했습니다. 마침 그녀가 같은 경우였기에 그녀의 조언에 부모님이 귀를 기울여 주는 모양입니다.

척수손상장애는 정보가 중요합니다. 휠체어 타는 요령부터 일상생활 하는 법, 가장 중요한 배뇨, 배변을 잘해서 자기 몸을 관리하는 일까지 경험자가 아니면 알 수 없는 것들이 많아서 노하우를 알려 주는 것이 우선입니다.

그 청년에게는 외국에 가 있는 동안 의료보험 혜택이 되지 않아서 병원비가 비싼 경우 곤란한 일을 당할 수도 있기에 철저한 준비가 필요하다는 이야기를 해 주었다고 합니다.

"가장 문제는 고립되어 있는 사람이에요. 그런 이들을 발견해 내는 게 우선이고요. 그럴 때, 그저 단순한 격려나 위로로 문제가 해결되지 않는 경우가 많아요. 환경 자체가 은둔을 조장하기도 하고 시골에서 농가주택에 사는 경우, 휠체어가 들어갈 수 없는 집도 많거든요. 제가 아는 어떤 분은 집이 3층인데 좁은 계단이라 한번 내려오기도 힘들어요. 형편이 어려워 이사 갈 엄두도 못 내고요. 이런 분들에게는 좀 더 폭 넓고 지속적인 대책이 필요하죠. 그런 대책 마련을 요구하는 것도 제 일 중에 하나에요."

그녀는 그런 이들을 만나서 사정을 파악하는 것이 급선무라고 합니다.

"질병으로 척수손상이 와서 사지가 마비된 여자아이가 있었어요. 제가 미국 유학할 때부터 알아서 일주일에 한 번은 만났어요. 엄마가 안 계셨는데 그리움이 컸어요. 그래서 엄마에 대한 추억을 담은 스크랩북을 만들어 줬지요. 너무 좋아하더라고요. 그 아이가 입원한 병원에 마침 개그맨이 다쳐서 왔다고 하는데 그 아이가 좋아하던 개그맨이었어요. 만나게 해 주는 깜짝 이벤트도 마련했는데 너무 좋아했어요. 그렇게 우정을 이어 갔는데 겨울이 오기 전 세상을 떠났다는 전화를 받았어요. 그래도 종교를 갖고 싶어 했던 아이에게 세례를 받도록 해 주고 그 아이가 조금은 행복한 순간을 맞이하고 갔다는 게 제게 위안이었어요. 그렇게 작은 도움이라도 주자는 생각에 이 일을 하는 거예요."

척수손상장애는 다른 장애에 비해서 수명이 짧다고 합니다. 합병증이 높기 때문이지요. 휠체어에서 움직이지 못하니 욕창 수술도 자주 하게 되고 골밀도도 낮아서 다리가 부러지는 일도 흔하다고 합니다. 문제는 나이가 들수록 피부 탄력성이 떨어져서 상처가 잘 낮지 않는 게 가장 큰 문제이지요.

그녀는 이 일을 정식으로 시작한 지는 그리 길지 않지만 집안에만 숨어서 바깥세상을 보려고 하지 않던 척수장애인이 그녀나 센터 활동가들로 인해서 삶이 바뀌었다고 말할 때면 가장 큰 보람이 옵니다.

　가끔은 병원에서도 전화가 옵니다. 척수손상을 입은 장애인의 치료가 끝난 후 병원에서는 더 이상 해 줄 것이 없고 환자는 병원 밖으로 나가는 것을 두려워할 때면 그들이 찾아갑니다. 더러 거부하는 이들도 있고 자포자기하는 이들도 있습니다.

　1급 장애의 그녀가 진정을 담아 말을 겁니다. 대부분은 자기가 뭐가 필요한지 모르는 경우가 많습니다. 휠체어 타는 요령부터 차근차근 하나씩 알려 줍니다. 시범을 보이면 처음엔 어색해하다가도 따라합니다. 세상의 모든 것은 안 해 봤기 때문에 못하는 것이지 하지 못할 것은 없습니다.

　그녀는 자신도 매일 누워서 울던 그때를 생각합니다.

　'내게 왜 이런 일이? 내가 뭘 어째서?'

　수없이 묻고 또 물었던 시간들을 생각합니다.

　그러던 어느 날 푸른 바다를 유영하던 커다란 고래, 영화 프리윌리를 보았습니다. 버림받은 한 소년과 수족관에 갇힌 고래와의 소통이 우리의 가슴을 뻥 뚫어 주는 영화이지요. 마음껏 바다를 헤엄치고 싶었던 7천 파운

드의 커다란 고래를 보면서 그녀는 자신이 고래가 되는 상상을 합니다. 지금은 갇혀 버렸지만 언젠가 바다로 가겠다는 꿈을 버리지 않습니다.

지금은 세상에 없지만 열아홉 살의 소녀에게도 그녀는 돌고래 샤이만을 선물했습니다. 그 아이는 이제 돌고래처럼 자유롭게 바다를 떠다닐까요? 전화로 아이의 소식을 전하던 이는 그 아이가 아프지 않게 슬프지 않게 늦가을, 눈을 감았다고 했습니다.

그녀, 김소영은 흰수염고래가 되어 어린 시절로 갑니다. 괴산의 작은 마을, 비가 오면 골목에 앉아 모래로 둑을 쌓고 물을 가두어 두었다가 툭 터져 내려가는 모습에 가슴이 시원했던 그 한여름 소나기 속에 흰수염고래가 날아갑니다. 두 팔을 벌리며 흙탕물을 튀기고, 마음껏 장난을 치며 웃었던 시간을 헤엄치면서 다시 수면 위로 떠올라 큰 숨을 내쉽니다. 등에서는 커다란 물줄기가 뿜어져 나옵니다.

그녀는 출퇴근을 할 때마다 한강 가운데에 있는 밤섬의 나무들을 봅니다. 거기에 고래가 오는 상상을 합니다. 밤섬도 나이가 들어가지만 흰수염고래가 오는 그날에는 매우 푸르게 반짝일 거라는 생각을 하면 입가가 늘 올라갑니다.

그녀는 잠시 밤섬에 있습니다. 본시 고래였기에 잠시만 머무는 것입니

다. 그녀의 마음을 달래듯이 가수 윤도현이 부른 〈흰수염고래〉라는 노래
가 떠오릅니다.

작은 연못에서 시작된 길
바다로 바다로 갈 수 있음 좋겠네
어쩌면 그 험한 길에 지칠지 몰라
걸어도 걸어도 더딘 발걸음에

너 가는 길이 너무 지치고 힘들 때
말을 해 줘 숨기지마 넌 혼자가 아니야

우리도 언젠가 흰수염고래처럼 헤엄쳐
두려움 없이 이 넓은 세상 살아갈 수 있길
그런 사람이길

더 상처 받지마 이젠 울지마 웃어 봐

우리도 언젠가 흰수염고래처럼 헤엄쳐,
두려움 없이 이 넓은 세상 살아갈 수 있길!
그런 사람이길!
그런 사람이길!

그녀를 위해 기도합니다.

인어 공주

　사람의 운명을 정해졌다고 말하는 사람도 있고 사람의 운명은 만들어 나가는 것이라고 말하는 사람도 있습니다. 무엇이 옳은지는 다 살아 보지 않아서 모르겠고 살다간 이들도 누구는 운명이 있다 하고 누구는 우물쭈물하다 인생이 끝났다고 미처 제대로 풀지 못한 운명을 아쉬워하기도 합니다.

　그러나 분명한 것은 운명은 알 수 없고 인생에는 여러 변수가 있다는 것입니다. 그 변수는 계기가 되기도 합니다. 감당할 수 없는 일을 맞닥뜨려 벗어난다든지, 좋은 인연을 만난다든지, 새로운 도전을 해 본다든지, 하는 것들이지요. 그 모든 변수를 계기로 만들어 자신의 삶을 새롭게 살고 있는 이가 바로 서울시장애인수영연맹 우순옥 회장입니다.

　그녀의 도전은 이렇게 시작됩니다. 그날은 갑자기 날씨가 좋지 않았습니다. 서울에서 비행기를 타고 모슬포까지 가서 마라도로 가는 배를 갈 아타면서 마음이 조마조마했습니다. 비가 온다는 예보가 있었지만 퍼센트가 그리 높은 편이 아니었고 결행하는 날짜는 정해져 있는 상태였습니다. 오기 전부터 결기가 굳세어서 누구도 하지 말자는 의견이 없었습니다. 다들 바람이 잦아들기를 기도하는 심정으로 마라도를 향해 떠났습니다.

작은 배가 출렁였습니다. 저 멀리 마라도의 흰 등대가 보이고 작지만 바다 위 우뚝 솟은 섬의 위용은 그들에게 괜찮다고 말해 주는 듯했습니다. 기다리고 있던 해경의 모습에서도 결기가 느껴졌습니다. 차례차례 선착장에 발을 내딛으면서 모두들 들뜬 마음이 되었습니다.

'드디어 하는구나!'

다들 서로 웃어 보이며 의지를 다졌습니다. 탈의실에서 수영복으로 갈아입으니 마음이 차분해졌습니다. 가운을 걸치고 바다로 사람들을 내려 줄 해경보트 앞으로 서른 명의 선수들은 걸어갔습니다.

"다들 잘해 낼 수 있지요?"

먹구름이 어느 사이 몰려와 후둑 빗방울을 떨어뜨렸습니다. 주위에 있는 사람들의 걱정하는 낯빛이 보였습니다.

"혹시 포기하실 분은 손을 들어 미리 말씀해 주십시오!"

아무도 손을 들지 않았습니다. 격려의 박수 소리가 들렸습니다.

"대단들 하십니다."

해경 간부와 진행자들은 엄지손가락을 치켜 올렸습니다. 서른 명의 수영 선수들과 진행자들은 여러 대의 보트에 나눠 탔습니다. 파도가 작은 배를 한번 들었다 놓았습니다. 마라도에서 6km 배를 타고 오는 사이, 다행히 비는 그쳤습니다. 하늘이 드디어 그들에게 길을 열어 주는 것처럼 보였습니다. 선수들은 각자 양팔과 몸을 마사지했습니다. 그리고 가운을 벗었습니다. 호각 소리와 함께 서른 명의 수영 선수들이 바다로 풍덩 뛰어들었습니다. 장애인들과 비장애인들이 함께하는 마라도 해협 횡단이 시작된 것입니다.

우순옥 씨는 너무 벅찼습니다. 소아마비로 한쪽 다리가 짧고 얇았지만 사람들 앞에 자신의 벗은 모습을 처음 보였던 날이 생각났습니다. 그럴 수 있을 거라는 상상을 한 번도 해 보지 않았기에 스스로도 매우 낯설었습니다.

"사람들이 모두 내 다리만 보는 것 같은 날도 있었어요. 감히 내가 수영을 하다니!"

2002년 우연히 디딤돌이라는 여성 장애인들의 모임을 하면서 복지관

사업으로 10개월 동안 수영과 물속 에어로빅인 아쿠아로빅을 일주일에 한 번씩 했습니다.

"몇 번을 망설이다 시작했어요. 그때는 살짝 절기는 해도 주의 깊게 보지 않으면 제 다리가 불편한 걸 모르는 사람도 있었어요. 부산에서 살았는데 어른들이 제가 조심조심 걸으면 너는 얼굴도 이쁜데 어찌 저는 것도 잘숨잘숨 저냐? 그러셨어요."

처녀 때는 예쁜 원피스를 입고 다녔지만 무릎 아래까지 단이 내려온 것을 입어서 다리를 모두 드러내지는 않았습니다. 그래서 소아마비 걸린 것을 감출 수 있었습니다. 그런데 수영은 골반 아래의 허벅지를 다 드러내야 했습니다. 쉽지 않은 결정이었지만 부끄럽다는 마음보다 수영을 하고 픈 마음이 앞섰습니다.

그날 순옥 씨는 자기 인생에서 처음으로 큰 도전을 합니다. 수영을 시작하고 3년, 누군가 바다를 횡단하자는 제안이 나왔고 적당한 곳을 물색하고 협의에 들어갔습니다. 만약의 상황을 대비해서 해경과 응급보트 등이 필요했고 일은 순조롭게 진행되었습니다. 말은 나왔지만 정말 그럴 수 있을까? 하며 상황을 지켜봤는데 드디어 결정이 떨어진 것입니다.

바다로 뛰어든 선수들은 선두에서 앞서가는 보트의 물살 뒤에서 열심히 양팔과 다리를 움직였습니다. 뒤에서 호위하는 해경보트 위에서 사람들이 지켜보고 있었습니다. 마라도에서 송학산까지 대략 15km, 보트로 6km를 왔으니 9km는 헤엄쳐서 가야 합니다.

9월의 제주 바닷물은 다행히 차갑지 않았습니다. 비는 그쳤지만 파도가 너울거렸습니다. 2, 3미터의 파도 속으로 들어갔다 나왔다를 반복하는 사이, 낙오자가 나오기 시작했습니다. 뒤따라오던 해경이 손을 내밀면 힘들어 가지 못하는 사람들은 그 손을 잡고 보트 위로 올라갔습니다.

순옥 씨는 오기가 생겼습니다.

'나는 해낼 거다.'

이보다 더 망망대해에서 이보다 더 수렁 같은 곳으로 빠져들 때에도 살아남은 그녀입니다.

여기서 멈추면 다시는 아무 일도 하지 못할 거라는 생각이 들었습니다. 다리에 쥐가 나지 않기를 기도하면서 바닷물이 흘러가는 데로 몸을 싣고 평형과 자유형을 번갈아 하며 이를 악물었습니다.

'엄마 도와주세요!'

그녀는 엄마를 여덟 살에 잃었습니다. 한창 엄마 손이 필요한 막내딸은 엄마의 아픈 모습만 기억합니다.

"결핵에 걸리신 것 같았어요. 집에 잘 없었다는 기억이 나요."

엄마 없이 혼자 놀던 기억들이 어렴풋하게 떠오릅니다. 머리는 헝클어지고 옷에는 땟국이 절고 제대로 훔치지 못한 콧물이 번들거렸겠지요. 엄마 없는 아이들은 늘 주위를 두리번거리게 되어 있습니다. 사방을 둘러봐도 따뜻하게 안아 줄 엄마의 손길이 없는 순간, 아이는 울음을 터트리지요. 밖에서 놀다가 들어오면 처음 부르는 소리, '엄마' 그녀는 부를 사람이 없었습니다.

어릴 때 그녀는 지독한 울보였습니다. 오후 TV에서 방랑시인 김삿갓 전주 음악이 흘러나오면 무엇이 그리 서러운지 어린 순옥은 울었습니다. 한번 울기 시작하면 한참을 울어야 그쳤다는 어린 여자아이가 눈에 어른어른합니다. 울다가 지쳐 잠이 들었어도 훌쩍이며 어깨를 들썩였을 아이는 제 손가락을 입에 물고 곤한 잠을 잤겠지요. 어린 순옥이 울면 언니 오빠가 다독이기도 하고 놀리기도 했지만 아이는 그 큰 눈망울에 그렁그렁 눈물을 흘리다 늘 지쳐서야 울음을 그쳤습니다.

"그냥 그때는 우는 게 일이었어요."

아무리 울어도 따뜻한 엄마의 음성은 없었습니다.

'그만 울어, 이리와 엄마가 안아 줄게.'

그렇게 말하며 덥석 안아 주는 엄마의 손길이 사무치게 그리웠지만 없었습니다.

어느 날 돌아온 엄마는 따뜻한 손길 대신 배를 움켜쥐며 뒹구는 모습을 보여 주었습니다.

"위암에 걸리셨다고 해요. 결핵에 위암에 몸이 바짝 말라 있었어요."

그때는 약이 흔치 않은 시대였습니다. 치료는 말할 것도 없었겠지요. 지독한 통증에 시달리는 데도 가족들은 아무것도 해 줄 수 없었습니다.

"어느 날은 어머니가 원두막으로 가시는 거예요. 우리 집이 그때 과수원을 했거든요. 거기서 고래고래 소리를 지르셨어요. 너무 아파서 악을 쓰시는 거지요."

엄마는 아무도 듣지 못하도록 과수원 한가운데로 자신의 몸을 끌 듯이 놓고 겨우 기어 올라가서는 짐승처럼 울부짖었습니다.

얼굴을 씻겨 주고 머리를 빗겨 줄 정겨운 엄마의 모습을 소녀는 기대할 수 없었습니다.

'얼마나 아프면 저러실까!'

어린 소녀는 그런 엄마가 무서웠습니다.

"아파서 고래고래 소리를 지르는 엄마를 보면서 아버지가 무심히 죽었으면 차라리 낫겠다 하는 소리를 들었어요. 그렇게 말하는 아버지도 무섭고 아파서 우는 엄마도 무섭고."

어린 순옥 씨는 이해할 수 없는 시간들이었습니다. 엄마의 고통을 보면서 아버지는 아마도 그런 엄마를 편히 쉬게 하는 게 죽음밖에 없을 거라는 자조 섞인 말이었다는 것을 커서 알 수 있었습니다.

　엄마는 마를 대로 말라비틀어져서 소리를 지르다 더 이상 지를 수 없을 때 세상을 떠났습니다. 엄마 나이 마흔한 살, 한창 좋을 나이에 떠나는 엄마의 모습이 잘 기억나지 않습니다.

　"내 나이 마흔한 살에 혹시 엄마처럼 떠나는 게 아닐까? 걱정이 들기도 했어요."

　집안에 암 환자가 있으면 그런 걱정이 들기는 합니다. 암은 유전력도 많이 작용한다고 하니 당연히 걱정이 들 겁니다. 저도 아버지를 포함해서 큰아버지, 막내 작은아버지가 모두 폐암으로 세상을 떠나는 바람에 쉰세 살이 지날 때까지 세상을 건강하게 살 수 있을까? 하는 비장함에 빠져들 때가 있습니다. 그러나 그녀는 현재 매우 건강하게 어머니가 떠난 나이를 지나쳐 살고 있습니다.

　엄마가 세상을 떠나고 집안은 고요했습니다. 모두 예상한 슬픔이었기에 크게 일상이 달라진 것은 없었습니다. 여전히 어린 소녀는 울었고 가족들은 '순옥이가 또 울 시간이구나.' 하며 지나쳤습니다.

하지만 6개월이 지나고 대학을 다니던 큰오빠가 잠을 자고는 깨어나지 못했습니다. 친구네 아버지 장례식장을 다녀온 오빠는 술을 한잔 하고 들어왔다고 합니다. 술에 취한 채 집안으로 들어서자마자 아버지를 끌어안고 '아버지 사랑해요.' 라고 말하던 아들에게 '술 취했으면 자라. 주사하지 말고.' 라는 말을 한 것이 마지막이 될 줄은 아버지도 다른 형제들도 몰랐습니다.

아침이 한참 지나서도 아들이 일어나지 않자 깨우러 들어간 아버지는 그 자리에 주저앉고 맙니다. 아무리 흔들어도 아들은 기척을 하지 않습니다. 두 팔은 축 늘어지고 두 눈은 좀체 뜰 줄을 모릅니다. 아들을 끌어안은 아버지는 꺼억꺼억 웁니다.

육 개월 만에 또 몰아닥친 죽음의 그림자, 전혀 예상하지 못한 죽음은 가족들을 모두 더 깊은 어둠으로 끌어내렸습니다.

"큰오빠를 묻고 아버지가 걸어가는데 친척 아저씨가 보니까. 연못 쪽으로 곧장 걸어 들어가시더래요."

죽기 전까지 고통에 몸부림치는 아내는 떠나보낼 수 있었지만 기둥처럼 믿고 있었던 자식의 죽음은 감당할 자신이 없었던 겁니다. 아버지는 허망한 가슴을 술로 달래었습니다. 여덟 살의 순옥 씨는 엄마의 부재를 아버지에게서 위로받고 싶었지만 아버지는 자기 자신을 추스르기에도 바빴습니다.

세 살 때 이미 열병으로 다리가 마비된 소녀는 혼자 학교에 가고 혼자 책가방을 싸고 혼자 도시락을 만들었습니다. 언니들도 작은오빠도 모두 제 슬픔에 누군가를 챙겨 줄 겨를이 없었습니다. 이제는 울어도 누구 하나 달래 주지 않기에 어린 순옥은 그때부터 속울음을 배우고 말았습니다.

지나간 시간을 말하는 순옥 씨의 눈에 눈물이 흐릅니다. 그런 순옥 씨의 모습을 보고 있자니 저도 눈물이 흐릅니다. 갸름한 얼굴에 시원하고 동그란 눈매, 서글서글한 미소를 보면 그녀가 이런 아픔을 겪었다는 것이 상상이 되지 않습니다. 무엇 하나 부족한 것 없이 아쉽다면 다리를 약간 저는 것 이외에 무엇이든 원하는 것은 다 하면서 살아왔을 것 같이 그녀는 귀티 있고 아름답습니다.

그런데 이 황망하고 쓸쓸한 시간은 여기서 멈추지 않습니다. 그녀가 5학년일 때 아버지는 새어머니를 맞이합니다. 한참 예민한 소녀는 아버지마저 빼앗긴다는 생각이 들었습니다. 새어머니는 나쁜 사람은 아니었지만 그런 전처 자식을 안아 줄 만큼 품이 넓지는 않았습니다. 그녀는 새어머니가 너무 미웠습니다.

"제가 본래도 뭐 잘못된 꼴을 좀 못 보는 성격이에요. 그러다 보니 우리 할머니가 밥을 해서 새어머니를 차려 주는 모습에 너무 화가 났어요. 새어머니가 데려온 자식들하고도 안 맞았고요. 막 있는 대로 반항하고 집에서 성질을 부리고 난리를 쳤지요. 제가 성질을 부리는 날이면 모두 우울해져 버렸어요."

결국 아버지는 그녀가 초등학교를 졸업하자 언니와 함께 작은아버지네로 보냅니다.

"작은아버지는 그때 극동호텔에서 패션쇼를 할 정도로 잘 나가고 있었어요."

중학교를 가는 대신, 작은아버지가 하는 의상실로 가게 됩니다. 그나마 작은아버지 밑에서는 친척이라는 끈이라도 있어 좋았는데 무리한 사업으로 작은아버지마저 의상실을 넘기는 바람에 그녀는 다른 사람 밑에서 일을 합니다. 두 자매는 커다란 벌판에 우두커니 서 있는 신세가 됩니다. 그 나이의 여자애들에게 보호자가 곁에 없다는 건 참 안타까운 상황이었지만 그녀는 감수할 수밖에 없었습니다. 아버지 또한 살아야 했으니까요. 그녀는 스스로 다부질 수밖에 없었습니다.

운명처럼 그녀는 현실을 인정하며 묵묵히 일했지만 어느 날 언니도 다리가 아파 오기 시작했습니다. 그 와중에 작은아버지의 어린 아들인 사촌 동생마저 그녀에게 맡겨집니다.

"나이 열일곱에 가장이 되었어요. 피하고 말고 할 수 없이 그때는 그냥 그렇게 살았어요. 한 사람은 언니고 한 아이는 사촌이지만 동생이잖아요."

빛도 들어오지 않는 의상실 한 귀퉁이에서 옷감을 자르고 미싱을 돌리고 바느질을 하고 하루 종일 구부정하게 있다가 집으로 돌아오면 아픈 언니와 어린 사촌 동생이 그녀만 바라보고 있었습니다. 한 달이 되기도 전에 쌀독에 쌀이 떨어질까 조마조마하며 살았습니다. 먹고 집세를 내고 사촌 동생을 학교에 보내면 살림이 빠듯했습니다.

"사촌 동생은 나중에 학교에 들어가고는 제가 더 감당하기에는 벅차서 아버지에게 보냈어요. 그 동생도 참 힘들게 컸지요."

그래도 그녀는 예쁜 원피스를 입고 다녔습니다. 다리를 절수록, 장애인일수록, 남들이 업신여겨지지 않게 보이고 싶었습니다. 그녀가 전혀 고생한 티가 나지 않기에 저는 무심히 의상실에 다녔다는 말에 "의상디자인학과를 다니셨나요?"라고 물어보는 바보 같은 질문을 했습니다. 그처럼 그녀는 밝고 화사합니다.

동네에는 전국교직원노동조합에 가입하여 해직된 교사와 부인이 있었습니다. 그들은 작은 슈퍼를 했는데 늘 그녀가 다니는 모습을 유심히 지켜보던 슈퍼 부인과 동네 아주머니가 순옥 씨 이야기를 하고 있었습니다.

"다리가 쪼매 안 편해도 잘숨잘숨 잘 걷는데다 아픈 언니와 어린 동생을 돌보는 기 여간 착한 기 아이라, 얼굴은 쪼매내 가지고 어째 그리 이쁜지, 참말로 아깝데이."

두 아주머니가 주거니 받거니 하는 소리를 들은 이가 있었는데 별 세 개를 단 장군 밑에서 부관으로 지내던 군인이었습니다. 슈퍼를 드나들면서 그녀를 눈여겨보던 군인은 아주머니들께 그녀를 소개해 달라고 합니다. 그가 후에 순옥 씨의 남편이 됩니다.

다행히도 매우 다행히도 충북 청원에 사는 시어머니는 품이 넓은 분이었습니다. 남편을 따라 인사를 드리러 가는데 걱정과 달리 반갑게 맞아주었습니다.

"위에 큰아주버님과 같이 일하는 분이 계셨는데 다리가 없는 장애인이었어요. 한 집에 거두어 편히 쓰라고 안방도 내주신 분이었어요. 그러다 보니 장애를 흠잡지는 않으시데요."

그녀는 결혼을 하면서 자신만의 가정을 가져 봅니다. 그리고 엄마가 됩니다. 한번도 따뜻한 보살핌을 받지 못한 유년의 시절 때문에 그녀는 좋은 엄마가 되고 싶었습니다. 그런데 그녀가 사는 동네는 학구열이 엄청

난 목동이었습니다. 내가 해 보지 못한 것을 하도록 해 주겠다는 생각에 어릴 때부터 그녀의 두 딸은 엄마가 정해 놓은 프로그램대로 움직여야 했습니다.

아이들은 저마다 타고난 고유한 특성이 있는데 공부가 최고인 줄만 알았습니다. 그녀가 그럴수록 큰아이는 더 겉돌았습니다.

그러던 중에 미국에서 목회를 하는 작은오빠에게 여름방학을 이용해 놀러 가게 되었습니다. 작은아이는 한국으로 돌아가지 않고 여기에서 살고 싶다는 말을 합니다. 그때가 초등학교 5학년이었는데 아이는 한국으로 돌아와 내내 미국으로 가고 싶다고 졸랐습니다. 이제 고작 초등학교 5학년인 아이를 미국에 보낼 수는 없었습니다. 어릴 때 어머니의 부재로 힘들었던 그녀는 아이가 홀로 가겠다고 하는 모습을 이해할 수 없었습니다.

그러나 세상일은 내 뜻대로 되는 것은 아닙니다. 후회하지 않을 거라는 몇 번의 다짐을 받고 아이는 미국으로 갑니다. 그 겨울, 같이 갔다가 캘리포니아 오빠네 집에 두고 돌아오는 순간, 그녀는 인생이란 알 수 없다는 생각을 합니다.

"막내는 그렇게 가고 힘들어 울면서도 한 번도 돌아오겠다는 말은 하지 않았어요. 아이 때문에 울면서 이메일을 쓴 적이 참 많아요. 지금 생각

인어 공주 43

해 보면 그 시간들을 어찌 다 보냈는지 이제는 어엿한 간호사가 되어서 제 일은 제가 알아서 잘하고 있어요."

막내가 미국으로 가고 그녀는 더 큰아이에게 매달립니다. 공부에 재미가 없는 아이와 공부가 최고라는 엄마와의 전쟁이 시작되었습니다. 자식을 이기는 부모는 세상에 많지 않습니다. 그녀는 큰아이에게 '네가 원하는 인생을 살아 보라.'고 합니다. 돌이켜 생각해 보면 그녀 자신, 원하는 인생을 살아 본 적이 없다는 생각이 들었습니다. 큰아이를 놓는 대신 그녀는 자기 자신을 잡습니다.

'그래, 이제 내 인생을 살아 보는 거야!'

그녀 인생에 일대 변화가 왔습니다.

"제가 이런 선택을 감히 할 수 있었던 건 김 목사님이 있었기 때문이에요."

서울시수영연맹의 전무이사이기도 한 김성호 목사를 만난 것은 또 다른 계기를 갖게 되는 일었습니다. 늘 뒤에 숨어서 자신을 드러내는 일이 어색했던 그녀에게, 살면서 누구에게도 칭찬받아 보지 못한 그녀에게, 김 목사는 멘토이자 격려자였습니다. 무엇을 해도 잘한다고 말해 주었습니다. 2005년 마라도 해협을 건너고 2006년 연맹을 만들 수 있었던 것도 그가 있어 가능했습니다. 그녀는 목사님의 추천으로 수영연맹 회장직을

맡습니다.

2006년 우순옥 씨는 꿈에 그리던 학교도 가게 됩니다. 화곡동에 있는 대안학교인 성지고등학교를 다니도록 권유한 것도 목사님이었습니다. 미용사가 되겠다는 큰딸은 제가 원하는 것을 하고는 현실이 생각보다 만만치 않음을 느낍니다. 그런 큰아이에게 길을 열어 준 것도 목사님이었습니다. 순옥 씨는 중학교 과정을 다니고 큰아이는 07학번으로 그리스도대학교를 갑니다.

파도와 같았던 그 험한 시간들이 눈앞에 출렁입니다. 바다를 건널 때 그녀는 무서웠습니다. 하지만 이제 더 이상 물러서지 않겠다는 생각을 했습니다. 출렁이는 파도 사이를 죽을힘을 다하여 헤엄치면서 포기하고 싶다는 생각이 들면 두 눈을 더 부릅떴습니다.

'여기서 멈추면 우순옥, 너는 아무것도 할 수 없을 거야.'

그 사이 남자들도 중간중간 보트에 올랐습니다. 서른 명 중에 반절 넘게 포기하고 비장애인들마저도 그만두었지만 그녀는 당당히 완영자 명단에 오릅니다. 사람들 앞에서 쭈뼛거리고 움츠러들었던 지난 시간이 떠올랐습니다. 사람들의 박수 소리와 환호보다 그녀가 스스로에게 주는 박수 소리가 더 크게 울렸습니다.

'그래, 뭐든지 하면 되는 거야!'

그녀는 가슴 벅찬 기운을 눈물로 쏟았습니다.

"사실, 하룻강아지 범 무서운 줄 모르고 한 거예요. 지금 생각해 보면 어찌했나 싶어요. 고작 3년 수영 배우고 가당키나 했겠어요. 평형을 제대로 못해서 자유형하고 번갈아 하면서 바다를 건넜으니까요. 비장애인 선수들도 엄두를 못내는 데다 날도 그리 안 좋았는데 바다에 뛰어들었으니……."

수영해 온 것도 그리 무난한 행보는 아니었습니다. 2002년 신월종합사회복지관에서 공동모금회를 통하여 사업비를 받아서 여성 장애인들에게 10개월 동안 수영을 가르치는 프로그램이 있어 참여했습니다. 참 고무적인 일이었지요. 그 덕분에 그녀도 엄두를 내지 못한 수영을 시작했으니까요. 그런데 10개월은 너무 짧았습니다.

"이제 좀 재미가 붙나 했더니 끝났다는 거예요. 10개월이 훌쩍 지나갔어요."

양천구 신월문화체육센터에서 다시 수영을 시작하려고 하니 관장이 장애인 수영은 안 된다고 합니다. 다른 회원들이 싫어한다는 게 그 이유였지요. 장애인들과 같이 한 수영장에서 수영할 수 없다는 말을 공개적으

로 할 정도로 그 옛날 장애인에 대한 인식은 아주 형편이 없었습니다. 6,
70년대는 부끄러워서 자식이어도 내놓지 않은 세월이 있었지만 21세기에
도 버젓이 그런 말들을 했습니다. 그래도 다행인 것은 인터넷의 보급으로
조금씩 깨어 있는 시민의식이 있어서 억울한 사정을 알리면 사람들이 많
은 호응을 했습니다.

인터넷에 글을 올리겠다고 하자 레인 하나를 겨우 허락해 주었습니다.
그녀는 이사를 해서 양천구민체육센터로 옮겨 그곳에서 수영을 계속합
니다. 우순옥 회장과 김성호 전무이사는 이곳저곳의 카페에 수영을 같이
하자는 글을 올렸습니다. 인천에서 수원에서 장애인들이 찾아왔습니다.
그 덕에 마라도 해협도 횡단하고 2007년부터는 장애인수영 한강건너기
대회도 매년 꾸준히 열고 있습니다.

"2007년 MBC 9시 뉴스에 여성 앵커의 첫 마디를 잊을 수 없어요. 올해
장애인들이 한강을 건넜습니다. 참 벅찬 말이었지요."

그렇게 협회를 시작하고 어느 정도 안정을 찾아가는가 싶더니 복지예
산이 줄면서 복지 정책이 예전으로 돌아가고 있는 게 아닌가, 의심이 듭니
다. 장애인 체육은 선수 인정이 아닌 복지의 관점으로 바뀌었고 예산에 의
해서 들쭉날쭉한 지경이 됩니다.

대한민국에서 장애인으로 산다는 게 쉽지 않은 길이기에 회장이라는 직함이 무겁게 느껴집니다. 하지만 열일곱이라는 나이에도 가장이 되어 살아 본 적이 있는 그녀입니다. 막내로 태어났어도 응석을 부리며 살기보다 홀로 견디는 시간이 많았습니다. 장애인이라고 떼를 쓸 생각은 없습니다. 그렇다고 장애인이라고 차별받고 싶지도 않습니다.

　매년 해 오던 장애인수영 한강건너기 대회가 올해부터 안전을 이유로 제지당하고 있지만 누구도 위험해지려고 그런 행사를 하는 건 아닙니다. 장애인이기 때문에 더 안전하게 진행할 수 있다는 믿음을 가져 주었으면 요즘 회장님은 마음이 바쁩니다.

　순옥 씨는 작년에 그리스도대학교를 졸업했습니다. 큰딸의 대학 후배가 된 것입니다. 사회복지학과를 다니면서 아동심리학 공부를 하던 중에 알았습니다.

　"그 공부를 하니 제가 얼마나 우물 안 개구리였는지 알았어요. 진작 공부를 했더라면 우리 큰애를 그렇게 힘들게 하지 않았을 텐데, 엄마가 너한테 '참 잘못했구나.' 사과했어요."

　나는 너보다 못한 환경에서도 이렇게 살아왔는데 너는 뭐가 부족해서 해 주는 밥 먹고 다니는 데도 엄마가 하란 데로 안 하고 그렇게 불만이 많으냐, 고 야단쳤던 지난날이 얼마나 바보 같은 짓이었는지 딸에게 사과를 하고 화해를 했습니다.

예전에 그녀는 자신과 다른 사람을 이해해야 한다는 생각을 하지 못했다고 합니다. 그리고 다른 것은 틀린 것이라고 우겼습니다. 공부를 시작하고 서울시장애인연맹 회장을 하면서 그녀는 자신감을 회복하는 것과 동시에 타인을 이해하는 법도 배웠습니다.

멀리서 아무것도 해 주지 못한 채 지켜봐야 했던 막내딸이 삼촌의 사랑을 인정하고 고마워하던 날이 오게 된 것도 그녀가 자기 자신을 찾아 당당한 엄마가 되어 주었기에 가능한 일이었습니다.

공부에는 흥미가 없었지만 친구가 많고 활달했던 큰아이가 대학을 졸업하고 복지관 팀장을 맡았습니다. 고1 때 미용사가 되겠다는 딸을 막아서 무조건 공부만 하라고 했으면 어땠을까요? 자신이 직접 부딪혀 보니 멋진 머리만 만드는 게 다가 아니라 엄청난 노동과 무시를 견뎌야 헤어디자이너가 된다는 걸 알게 되었을 때 딸은 엄마의 걱정을 알았습니다.

공부만 우선하는 동네에서 '그래, 너 하고픈 대로 하라.'는 엄마의 결정에 딸의 친구들은 '너네 엄마 멋지다.'라고 했다지요. 그러나 그 부모들도 그랬겠습니까! 장애인 엄마여서 자식 교육을 제대로 못하는 게 아니냐는 눈길도 있었겠지요. 그게 사실이든 아니든 그녀는 자신이 평생 가진 피해의식을 벗어던지고 싶었습니다.

"저는 살면서 여성 장애인이고 부모가 지켜 주지 않는 아이라는 이유로 겪지 않아도 될 일을 너무 많이 겪었어요. 아무도 제 얘기를 들어주는 사람 없이 혼자 다 감당해야 했어요. 지금은 이렇게 말하지만 누가 알겠어요. 제 속에 뻥 뚫려 있는 가슴을요."

지금처럼 바람이 흩날리고 낙엽이 맥없이 떨어지는 가을이면 그녀는 어디론가 자꾸 떠나고 싶습니다. 남들이 학교를 다닐 때 실밥을 뜯고 누군가가 입을 화려한 옷을 만들던 그때를 생각하면 서러운 눈물이 흐릅니다. 별거 아닌데도 누군가 무시하는 말을 하는 것 같으면 화가 먼저 나던 시간도 기억이 납니다.

'너 아프니?'

누군가 한마디만 물어줬다면 그렇게 벌판에 혼자 서 있는 것처럼 쓸쓸하지 않았을 텐데 왜 아무도 물어 주지 않았을까요? 모두들 저 살기 바쁜 시간들이었습니다.

지금은 먹고살 만하다는데도 여전히 사람들은 외롭습니다. 공부에만 내몰려 핏기를 잃어버린 아이들이 많습니다. 이기적인 친구들 사이에서 외롭고 성적이 떨어져 괴롭습니다. 갈수록 더 메말라 가는 학교생활에서 폭력은 심심찮게 일어나고 있습니다. 왕따와 성적 하락과 폭력에 아이들이 세상을 버립니다.

그녀는 지금 수영연맹 일을 하고 있지만 앞으로는 청소년과 관련된 일을 하고 싶어 합니다. 그녀 자신이 힘든 청소년기를 보냈고 딸 둘을 키우면서 남들과 다르게 겪었던 일들이 많기 때문입니다.

"인생에 있어 어떤 사람을 만나느냐에 따라 앞으로가 달라질 수 있어요."

누군가의 인생을 훌륭하게 이끌어 줄 수 있다고는 말할 수 없지만 최소한 누군가 포기하려고 할 때 자신이 겪었던 일을 이야기하면서 위로해 줄 수 있다는 생각을 합니다.

충고나 조언보다 위로가 세상을 더 환하게 합니다.

'착하게 살아라, 바르게 살아라, 너 자신을 아껴라, 당당해져라.'

그런 이상적인 말들보다

'많이 아팠니? 얼마나 외롭니? 아줌마도 너처럼 그렇게 외로웠어. 슬프면 슬프다고 크게 울어. 세상은 혼자 살아가지만 너는 혼자가 아니란다.'

그렇게 말해 주고 싶습니다.

예쁘지만 사람들 앞에서는 나서지 않았던 엄마가 당당하게 협회를 이끌고 행사를 진행하는 모습을 보면서 딸들은 엄마가 자랑스러울 겁니다. 장애인 용품이 많지 않아 우리나라에서 구하기 힘든 비싼 보조도구 등을 직접 사서 작은아이는 보내 줍니다. 엄마를 도와주는 것으로 엄마가 견뎌 온 시간들을 위로합니다. 딸과 엄마는 서로 외로웠던 시간들을 나누고 있습니다.

 바닷속 깊은 곳에서 사랑을 찾아온 인어 공주를 아시지요? 그녀는 화려하고 날렵한 꼬리를 주는 대신 다리를 얻었습니다. 걸을 때마다 살을 베이는 것처럼 아팠지만 사랑하는 이의 곁에 있다면 그깟 아픔은 아무것도 아니라고 생각했습니다. 동화에서는 그 사랑을 차지하지 못하고 물거품이 되어 떠났지만 그녀가 택한 사랑은 세상입니다. 이 세상에서 그녀는 사랑을 말하려고 합니다. 그래서 다리로 바다를 가르고 한강을 헤엄치고 싶습니다. 그렇게 저 건너로 가서 외로운 아이들의 손을 잡아 주고 싶습니다. 그녀에게 그런 날이 꼭 오기를 바랍니다.

책가방

순덕 씨는 마흔아홉 살, 여고생입니다. 참고서를 열심히 뒤적이며 시험 준비를 하고 과제를 정리하면서 중간고사 걱정을 하는 그녀는 영락없는 고등학교 2학년 소녀입니다. 그녀에게는 딸이 있습니다. 그녀의 딸도 고등학교 2학년입니다. 시험 기간이 되면 그들은 서로 정보를 주고받느라 바쁩니다.

"은서야? 이번 과학 시험에 너네는 뭐가 나왔니? 나는 영어가 어렵던데 너는 외고에 다니니 좋겠다."

고만한 또래의 여자아이들의 푸념처럼 순덕 씨는 들뜬 목소리로 딸 은서에게 묻고 은서는 부지런히 대답합니다.

"엄마하고 우리랑 진도가 다르기는 한데 여기까지는 같으니까 앞 문제는 풀어 봐요. 영어는 내가 가르쳐 드릴게요."

딸은 어느새 선생님이 되어 그녀에게 문장을 해석하는 방법에 대하여 친절히 설명을 해 줍니다. 두 소녀의 재잘거리는 소리가 집안에 가득합니다. 은서와 같은 학년이어서 순덕 씨는 참 좋습니다.

'나에게도 이런 날이 오는구나! 아침마다 오늘은 어떤 일이 벌어질까?'

설레는 마음으로 하루를 시작합니다. 아무리 생각해도 고등학교 졸업 자격을 검정고시로 따지 않고 방송통신고등학교에 직접 다니기로 한 것은 자신이 한 일 중 손꼽히게 잘한 결정이었습니다.

그녀는 일요일이 되면 전동휠체어를 타고 집을 나서서 지하철을 탑니다. 대방동까지 가려면 지하철을 몇 번 갈아타지만 그까짓 것쯤은 아무일도 아닙니다. 학교로 가면 나이는 각각 다르지만 친구들이 있습니다. 자신보다 훨씬 나이가 많은 왕언니들도 있고 또래의 친구들도 있습니다.

누군가는 그렇게 말할지도 모릅니다. 나이 들어 학력이 무슨 필요가 있냐고요. 하지만 막상 남들이 다 하는 과정을 빼먹고 살아온 사람들에게는 항상 그 결핍이 자신을 누르고 있기에 그리 쉽게 말할 것은 못됩니다.

학교에 처음 들어갔을 때 그녀는 놀랐습니다. 고등학교를 다니지 못한이들은 자기처럼 활동이 자유롭지 못하거나 매우 특별한 사정이 있는 사람들이기에 그리 많지 않을 거라고 생각했는데 스물다섯 명이나 되는데

다 연령대도 넓고 오게 된 각각의 사정도 달랐습니다.

다만 모두 공부를 하고 싶다는 간절함과 공감할 수 있는 친구가 필요해서 왔다는 공통점이 있었습니다. 그래서 그녀들은 말이 잘 통합니다. 한 가지 다른 것은 모두들 나이는 많아도 행동이 자유로운 비장애인이지만 그녀만이 유일하게 장애인입니다. 그녀는 다리를 마음대로 움직이지 못해서 휠체어를 타야 합니다.

"공부를 한다는 게 뭘까요? 세 살 때 소아마비에 걸리고 저는 학교를 다녀 본 적이 없어요. 다행히 연년생 언니가 있어서 학교를 다녀온 언니가 이것저것 가르쳐 주면 따라서 배우고는 했지요. 언니 덕분에 알지 못하는 것은 없었어요. 하지만 학교는 어떤 곳일까? 그곳에서 공부하고 노는 아이들 모습이 상상되면 그냥 시무룩해지더라고요."

아침이면 집안을 나서는 분주한 언니들과 여동생의 모습을 보면서 그녀는 막연히 학교를 상상했지만 감히 다닐 수는 없었습니다. 먹고사는 일에 바쁜 부모님이 그녀를 업고 매일 등하교를 시키는 것은 어려웠으니까요. 그녀는 혼자 남겨져 집안 여기저기를 기어다니며 어질러진 집을 청소하기도 하고 바닥에 엎드려 그림을 그리기도 하고 엄마가 시키고 나간 집안의 궂은일을 하기도 했습니다.

그래서 부모님 원망을 많이 했다고 합니다. 왜 안 그랬겠습니까! 제가 만나 본 그녀는 누구보다 활달하고 명랑하고 인정도 많아 보였습니다. 하이톤의 목소리는 물방울이 구르듯 명쾌하게 울리고 생글생글한 웃음소리는 상대의 기분까지도 밝게 해 주는 양명한 기운이 느껴졌습니다.

    그렇게 밝던 그녀도 고등학교를 막상 다녀야겠다고 마음먹었을 때 사실 주춤했다고 합니다. 전교생 중에 혼자서만 휠체어를 타고 다녀야 한다는 부담이 쉽지 않았겠지요. 다른 이에게 혹시 피해를 주는 게 아닐까 하는 미안한 마음도 먼저 들었을 겁니다. 그렇게 소심해지려는 순간에 같은 장애를 가진 선배 언니가 그랬다지요.

    "니가? 쫄아? 가서 무슨 직책이나 맡지 않으면 다행이다!"

    순덕 씨의 예상대로 학교생활은 너무도 그립고 그리웠던 순간이기에 그녀에게는 마냥 즐거운 시간들이 되었습니다.

    "살면서 특별히 학교를 다니지 않아서 불편한 건 없었어요. 은서가 새 학기마다 내미는 가정통신문에 부모님 내역을 물어보면 그냥 중졸이라고 쓰기는 했지요. 그냥 그렇게 쓰면 되기는 했지만 써 줄 때마다 무언가 가슴에 꽉 막히는 게 있었어요."

    순덕 씨는 밝은 기운만큼 솔직합니다. 그런 그녀가 중졸조차도 거짓으로 써야 한다는 게 얼마나 꺼림칙했을까요! 혹여 학교에서 배우지 못한 엄마를 두어서 아이가 무시당하면 어쩌나 그 또한 얼마나 마음이 메어졌겠습니까!

거기에 더해 그녀는 추억이 필요했습니다. 남들처럼 가방 메고 학교 가서 도시락 까먹고 수다 떨면서 어울려 웃고 때로 삐지고 때로 장난치며 보내는 시간을 갖고 싶었습니다. 그래서 그녀는 전혀 쫄지 않고 수학여행도 다녀옵니다. 갈 때 버스를 오래 타고 가야 하는 일로 선생님들이 걱정하셔서 가지 않으려고 했는데 '너 안 가면 재미없다.'는 동기들의 난리에 손수 차를 몰고 충남 태안까지 가는 억척을 부리기도 한 그녀였습니다.

처음 가 본 수학여행, 순덕 씨는 꿈만 같았습니다. 나이가 아무리 많아도 여고생이 되어 공부를 하면 여고생처럼 마음가짐이 되어 버립니다.

"제가 워낙 사교성이 좋아서 낯설어하거나 어색해하는 언니나 동생이 있으면 잘 끌어당겨요. 한 달에 두 번 만나니까 내성적인 경우는 잘 못 친해지잖아요. 그런데 같이 잠을 자는 수학여행이다 보니 밤새 얼마나 하고픈 말이 많겠어요. 다 큰 어른들이라 술도 한잔 할 수 있고 정말 이보다 더 즐거운 여행이 있을 수 없지요."

저 또한 그 마음을 누구보다 이해합니다. 늦깎이로 대학을 간 저도 학식에 대한 열망과 함께 대학생활을 체험하고 싶었던 기억이 있습니다. 그냥 평범하게 그런 생활을 가진 이들은 느끼지 못하는 갈증이 있었던 거지요. 그것은 바람이 부는 어느 날, 날이 화창한 어느 날, 울컥거리며 가슴을 치고 나옵니다. 그녀는 거기에서 빠져나오고 싶었습니다.

순덕 씨는 세 살 때까지 다른 아이들과 다르지 않았습니다. 요즘은 흔하지만 그 당시는 신경을 써서 맞아야 했던 소아마비 백신을 맞지 않아서 어느 날 일어나 걷지 못했다고 합니다. 기억에도 없는 일이지만 세 살 때까지 잘 걸었다는 이야기가 아득하게 느껴지면서 그립습니다. 돌아간다면 아프지 않고 씩씩하게 건뎌 낼 것 같습니다.

학교를 다니지 않고 집안일을 도우며 지내던 그녀는 열여섯 살에 처음으로 집을 나섭니다. 같은 장애를 앓으면서 대학까지 나온 언니의 조언 때문이었습니다.

'대학 나오면 뭐하니! 우리 같은 장애인들은 기술이 최고야.'

그래서 선배 언니가 일러 주는 대로 바느질을 배워야겠다는 생각을 합니다. 두 손은 멀쩡하니 잘할 수 있는 일을 해야겠다는 생각을 했겠지요. 집안에서 마냥 있을 수도 없었을 테니까요.

터미널에서 아버지의 배웅을 받으며 어머니와 함께 찾아간 군산 샤론의 집, 열여섯 살 한창 감수성이 예민한 소녀는 어머니와 떨어져 보내고 홀로 기숙사 생활을 합니다.

다행히도 원장님이 가장 나이 어린 그녀를 예뻐해 주어서 열일곱에 세상에 내어놓기가 안쓰러웠는지 1년이면 다들 수료하고 떠나지만 1년을 더 데리고 있으면서 바느질을 찬찬히 알려 주었다고 합니다. 영민하고 센스 있는 그녀였기에 바느질은 바로 배웠지만 세상은 거칠었으니까요.

열여덟 살부터 순덕 씨는 봉천동을 중심으로 시장통에서 일을 시작합니다. 한복집 일을 하면서 어울리는 이들은 그녀보다 나이가 훨씬 많은 아주머니들이 대부분이었습니다. 성격 좋고 맘씨 좋은 그녀에게 사람들은 몰려듭니다. 건어물가게 할머니, 기름집 아줌마, 신발가게 언니, 그러나 그녀의 또래는 없습니다. 스물두 살 처음으로 자기만의 가게를 갖던 날, 그녀에게 일감을 맡겼던 주단집 사장님은 말합니다.

'나이가 들어 보여야 사람들이 무시하지 않으니 파마를 하도록 해.'

그녀는 서른이 넘게 보이도록 일부러 파마를 하고 화장을 합니다. 거울을 볼 때마다 생각합니다.

'이건 내가 아니야.'

한복집이라는 곳이 출퇴근이 정해진 곳이 아니어서 일감이 많으면 날을 새는 날도 많습니다. 돈은 벌었지만 일하느라 하루 종일 어깨를 수그려야 했고 먼지 많은 옷감들을 만져야 했습니다. 친구들이 모양을 내고 예쁜 옷을 입을 때 그녀는 일하기 편한 옷을 입어야 했던 겁니다. 그것도 나이가 들어 보이는 옷을 골라서요.

"스물두 살에 부모님과 상의하지 않고 다 정리해 버렸어요. 이렇게 살다가는 내 인생이 너무 억울할 것 같더라고요."

엄마는 더 큰 한복집을 열 꿈에 부풀었지만 그녀는 하루 종일 일감에 치여야 하는 시장 생활이 너무 갑갑했습니다. 무엇보다 앉아서 오래 생활하는 바람에 척추에 무리가 생겨서 더 버티기도 쉽지 않았습니다. 이후 그녀는 척추측만증 수술을 받습니다.

"그때 일 년을 누워서 생활했는데요. 그런 생각을 했어요. 나는 일 년만 누워 있으면 되지만 누군가는 평생 이렇게 누워 있는데 나는 참 행복하구나!"

순덕 씨의 장점이 빛나는 순간입니다. 어떤 상황에서도 나는 다행이다, 라고 하는 그녀의 긍정 아이콘이 그녀 스스로를 위로했습니다.

순덕 씨는 이후 전자회사를 다니면서 오후 6시면 퇴근하는 일상을 갖습니다. 남들처럼 친구들과 밥을 먹고 차를 마시고 영화도 같이 보면서 기분 좋은 웃음을 마음대로 깔깔거릴 수 있는 오후가 있어 날아갈 듯이 기뻤습니다. 그리고 그때 만난 이와 결혼을 합니다. 그가 바로 은서 아빠지요.

"그냥 무던하고 착해 보였어요. 우리가 일하는 곳에 저처럼 장애인들이 있었는데 차별하지 않고 잘 대해 주더라고요. 결혼까지 할 생각은 그때 못했는데 운명인가 봐요. 은서 아빠도 귀가 안 들리는 청각장애인이에요. 물에 빠지는 바람에 중이염 치료를 제대로 안 해서 귀가 멀어 버렸데요. 다 커서 장애인이 되어서 알아듣는 게 힘들지, 말하는 건 다 똑같아요. 그것도 보청기를 끼면 괜찮고요."

남편은 겉으로는 멀쩡해서 다리를 못 쓰는 그녀보다는 나아 보였습니다. 그래서 시어머니의 반대도 만만찮았다고 합니다. 그녀는 누구보다 자존감이 강했기 때문에 그렇게 결혼하고 싶지는 않았으나 의지할 누군가가 있다는 것은 또 다른 삶의 방향을 열어 주는 것이었습니다.

은서를 낳고 마음을 푼 시어머니는 누구보다 손녀를 사랑해 주었습니다. 그러던 어느 날 순덕 씨는 기도를 하면서 펑펑 웁니다.

"집도 장애인 복지로 제가 마련하고 그냥 빵공장 다니던 남편을 큰형부 도움으로 기술을 배우게 해서 어엿한 기술자가 되도록 도운 것도 나인데 시어머니가 결혼을 반대한 것에 속으로 많이 서운했거든요. 그런데 시어머니를 한 사람의 여자로 생각하자 모든 것이 이해가 가는 거예요. 청상에 일찍 과부가 되어 믿고 의지한 큰아들이 귀가 멀었으니 얼마나 속상했겠어요. 남들한테 자식 잘못 키웠다는 말 듣고 싶지 않아서 아들 귀가 멀었다는 이야기도 못하고 많이 서러웠겠지요. 그렇게 생각해 보니 야속한 마음이 사라지고 시어머니가 한없이 가엾다는 생각이 들었어요."

세상에 측은지심만한 사랑이 또 있을까요! 시어머니도 불편한 몸으로 손녀를 낳은 순덕 씨가 대견했을 거고 그녀는 그녀대로 고생하며 두 아들 홀로 키운 시어머니가 안쓰러웠을 겁니다. 세상은 그런 겁니다. 그렇게 서로 부족한 부분을 지적하기보다 서로 그 부분을 가엾게 보는 마음으로 살아가는 게 진짜다, 라는 생각이 듭니다.

불같이 열렬하게 사랑해서 결혼한 건 아니라고 순덕 씨는 수줍게 말하지만 사는 동안 믿음이 탄탄해지는 관계로 만들어 가며 산다는 느낌이 듭니다. 제가 불같은 사랑을 하고 결혼해 봐서 아는데 사랑 정말 유효기간 짧다고 말하면서 우리는 한바탕 웃었습니다. 진짜는 정이고 측은지심이고 운명이 아닐까요?

그녀의 인생에서 가장 잘한 일은 은서를 낳은 일입니다. 친구가 되어 주기도 하고 그녀가 몰랐던 가치들을 알게 해 주는 선생 같은 구석도 있는 딸입니다. 작지만 세 식구에게는 더없이 편한 보금자리인 12평 아파트에서 엄마 아빠를 잘 챙겨 주는 싹싹한 딸과 그녀는 도란도란 속얘기를 하며 지냅니다.

"어느 날 은서가 그래요. 엄마, 나는 이다음에 사회복지사랑 결혼할까 봐요. 나는 학교 선생님이 될 거니까, 돈은 내가 벌고 남편은 좋은 일을 하는 거야. 복지사라면 인간성은 보장할 수 있잖아요."

중학교 2학년 때부터 자기 인생을 설계했다는 당차고 야무진 딸은 그 어린 나이에도 선생님께 부탁해서 자원봉사를 나갔다고 합니다. 부모가 뇌성마비인 집의 두 살과 여섯 살 아이를 매주 토요일마다 만나서 놀아 주고 공부도 가르쳐 주던 딸아이가 순덕 씨는 너무 자랑스럽습니다. 그냥 편안하게 근처 학교를 다녔으면 했지만 외국어고등학교를 가겠다는 자신의 꿈을 실천하는 아이, 은서는 엄마랑 닮은꼴 자매 같습니다.

그녀는 은서를 통하여 용서를 배웠습니다. 아이가 일곱 살 때 갑자기 배가 아프다고 해서 소아과를 데려가니 장염이라고 의사 선생님은 무심히 약을 지어 줬고 그래도 은서는 배가 아프다고 울다가 나중에는 데굴데굴 구르더랍니다.

아이를 급히 목동에 있는 이대부속병원으로 데려가면서 그녀의 머릿속은 어지러웠습니다.

'이 아이가 잘못되면 어떡하지?'

모든 게 다 자신의 잘못 같아서 가슴이 뛰고 불안했습니다. 아이는 맹

장이 터진 것이었고 늦게 오는 바람에 복막염으로 번져 있었습니다. 자칫 잘못하면 아이를 잃을 수도 있었던 겁니다. 그때 그녀는 알았습니다.

'우리 엄마 아빠도 저랬겠구나! 내가 아플 때 두 분 다 얼마나 미안하고 가슴 아팠을까!'

예방접종을 하지 않아서 나를 이렇게 만들었다고 울적할 때면 내뱉던 말들에 후회가 왔습니다.

아이를 퇴원시키던 날, 순덕 씨는 친정엄마에게 처음으로 미안하다고 말합니다. 가슴에서 한 응어리가 쓸리듯 사라져 나갑니다. 그동안 했던 모진 말들도 바람결에 흩어집니다. 그녀의 이야기를 듣던 내 눈가가 촉촉해져 왔습니다. 결혼하면 철이 든다고 하던가요? 여자가 엄마가 되면 그 엄마를 이해한다고 하지요. 은서와 함께 그녀도 그렇게 커 갑니다.

본래도 가족을 위해서 헌신해 온 그녀는 더 부모의 소중함을 알게 됩니다. 이후 아버지는 뇌출혈로 중풍을 앓게 되고 그녀처럼 장애인이 되어 2급 판정을 받습니다. 그녀는 부모님을 돌보고 싶어 가까이로 모십니다.

"아버지가 제가 초등학교, 중학교 졸업장을 따서 보여 주던 날 하신 말씀을 아직도 잊지 못하겠어요. 잘했다, 그러실 줄 알았는데 고맙다, 그러시는 거예요. 대견하다, 고맙다. 얼마나 마음에 맺히셨으면 그러셨을까

코끝이 찡하더라고요."

효자 밑에 효자가 나온다지요. 콩 심은 데 콩 나는 것처럼 말입니다. 친구들에 비해 너무 좁은 집이 아이의 기를 죽일까 봐 이사를 고민하던 그녀에게 은서는 말합니다.

"엄마, 나는 그런 거로 기죽지 않아요. 넓은 집에서 살면 뭐해요. 늘 이사 다니는 애들보다 저는 여기가 훨씬 편해요. 내 방도 있고요."

작고 아담한 방은 은서의 마음처럼 예쁘고 소박합니다. 가지런히 정리된 책상 옆, 깔끔한 침대에 누워 마음씨 좋은 사회복지사를 만날 은서의 미래가 환하게 보입니다.

엄마가 한강변에서 노점상 아르바이트를 할 때도 학원이 끝나면 씩씩하게 와서 엄마를 거들어 주던 딸입니다. 운동하러 나온 사람들이 파전을 만들어 팔라고 할 때 밤새 밀가루 반죽을 도와주고 치워 주던 딸입니다. 많은 양의 계란을 찌느라 물을 끓일 때도 고사리손으로 계란을 건져 주던 딸이었지요.

언젠가는 음식을 어른들께 먼저 고하지 않고 제 입으로 바로 가져가는 잘못된 버릇을 고치겠다고 심하게 나무라다 불편한 그녀의 몸 때문에 달궈진 후라이팬이 떨어져 데이기도 했습니다. 하지만 은서는 엄마의 꾸중을 길게 듣는 아이가 아니었습니다. 야단을 맞으면 바로 고쳐서 두 번

같은 소리를 듣지 않았지요.

그런 엄마처럼 은서도 강합니다. 엄마가 자신을 얼마나 자랑스러워하는지 아는 은서는 그래서 누구보다 더 공부에 열중합니다. 외국어고등학교를 처음 은서가 가겠다고 했을 때 순덕 씨는 말렸습니다.

"저는 아이가 공부에 치이는 것이 싫었어요. 그냥 평범하게 가까운 인문계 고등학교 다니고 대학 가서 살면 되겠다고 생각했는데 외국어고등학교를 가겠다는 거예요."

매사 적극적인 그녀는 일찌감치 엄청 노력해서 운전면허증을 따 놓았습니다. 은서는 엄마에게 외국어고등학교 입학설명회를 같이 가자고 합니다. 엄마가 이런 몸으로 어딜 가느냐고 하자 은서는 이상하다는 듯이 묻습니다.

"엄마는 뭐든 잘하잖아요. 엄마가 뭐가 어때서요."

알아서 잘하는 딸아이를 보며 순덕 씨도 엄마 노릇을 해야겠다고 따라나섭니다.

언젠가 제가 읽은 김소운 시인의 『목근통신(木槿通信)』이라는 수필집에는 이런 글이 나옵니다. 아무리 못나도 내 어머니를 크레오파트라와 바꾸지 않겠다고요. 몸이 다소 불편할 뿐 무엇 하나 빠지지 않는 순덕 씨를 은서가 앞세우고 다니고픈 마음은 당연합니다. 은서는 엄마가 어떤 모습이든 자신의 엄마는 당당하다는 것을 보이고 싶었을 것입니다.

순덕 씨는 딸아이의 간곡한 요청으로 대일외국어고등학교 입학설명회를 갑니다. 그런데 가 보니 설명회는 4층 강당에서 열린다고 합니다. 엘리베이터도 없는 4층에 올라가려니 엄두가 나지 않았습니다. 그러나 그녀는 매사 적극적인 엄마입니다. 운동장에서 안내를 하던 남자아이들을 부릅니다.

"아줌마가 보시다시피 이렇게 계단을 올라갈 수가 없단다. 남학생 네 사람만 나를 들어서 옮겨 줄 수 있겠니?"

아이들은 기꺼이 순덕 씨를 4층까지 데려다 줍니다. 1시간쯤 걸리는데 다시 데리러 와 달라는 부탁도 흔쾌히 들어줍니다.

순덕 씨는 세상을 사는 지혜를 압니다. 세상은 서로 빚지고 빚 갚으며 사는 것이라는 것을요. 이 세상에 태어나 누군가의 도움 없이 살아가는 사람은 단 한 사람도 없습니다. 물론 누군가의 도움만으로 기대어 사는 것도 문제지만 너무 신세지지 않는 것에만 방점을 찍는 것도 그리 좋은 건 아닙니다.

순덕 씨는 여느 엄마와 마찬가지로 자식에게 최선을 다하고 싶습니다. 아이가 눈치 보지 않도록 좋아하는 공부를 편히 하도록 학원비도 편히 주고 사 보고 싶은 책도 마음껏 사게 해 주고 싶습니다. 순덕 씨도 여고생이라 학교 갈 때면 예쁜 옷을 입으려고 합니다. 그래서 그것만은 같은 여고생으로 순덕 씨 자신을 챙깁니다.

"엄마 또 옷 샀어?"라고 눈을 새초롬히 뜨지만 예전보다 훨씬 밝고 활달해진 엄마를 보는 것으로 딸아이도 매우 좋아한다고 합니다.

그런 딸아이가 커 갈수록 순덕 씨는 아이와 눈을 맞추고 아이와 이야기를 나눌 수 있는 엄마가 되어야겠다고 생각합니다. 그런 이유로 나이 마흔 중반이 넘어 그녀는 공부를 시작했고 일 년 만에 초등학교, 중학교 졸업 자격을 바로 따 버렸습니다.

"고등학교를 가 보니 나이 일흔에도 학교를 다니시는 분이 있어요. 지팡이 짚고 다니시는데 죽기 전에 한번은 다니고 싶으셨던 그 마음이 느껴져 숙연해지데요. 결국 졸업을 못하고 돌아가셔서 안타까웠어요."

얼마 전에도 학교를 다니다 폐암 판정을 받은 동기 언니가 있었다고 합니다. 다들 그녀가 학교를 그만두고 치료에만 몰두할 거라고 생각했지만 그이는 세상 소풍을 마치는 그날까지 학교를 다녔습니다.

그녀들을 보고 단지 학력이나 스펙을 갖고 싶어서 학교를 다닌다고 말할 수 있을까요? 사람에게는 자신의 존재감을 나타내고픈 소박한 욕망이 있습니다. 그런 이들에게 자신의 의지와 상관없이 배우지 못한 건 한

이 되지요. 나이 들어서 그까짓 것, 이라고 말하는 건 자신은 이미 가져서 부리는 여유이거나 타인에 대한 공감이 없는 사람이거나 세상을 초월한 사람일 겁니다.

딸아이 은서와 성적을 경쟁하니 더 공부에 흥미가 느껴집니다. 아무래도 방송통신고등학교 시험이 다소 쉽겠지만 요즘은 곧잘 은서보다 더 좋은 성적을 받아서 은서를 놀리고는 합니다.

"너, 국어 점수 나보다 높아?"

은서는 엄마에게 지지 않으려고 부단히 노력합니다. 그러나 아무려면 어떻습니까! 은서는 제 앞 일을 스스로 잘해 나가는 것을요. 엄마 아빠의 불편한 몸 때문에 일찍 철이 들어 버린 딸, 철없이 부모에게 떼를 써도 될 나이에 사춘기도 없이 커 준 딸이 고맙습니다.

순덕 씨에게는 앞으로 꿈이 있습니다. 장애 때문에 고등학교는 여고를 가야 했지만 대학은 남녀공학을 가서 많은 사람들과 어울리고 싶고 자신의 장점인 사람 좋아하고 남 돕는 거 좋아하는 긍정의 오지랖을 마음껏 펼치는 것입니다.

이미 그녀는 그 첫 단계로 장애인 동료 상담을 시작했습니다. 과부가 홀아비 심정 안다는 말이 있지요. 그녀는 같은 장애인으로서 어려운 일을 겪거나 두려워하는 동료들을 돕고 싶어 합니다.

"저 아는 동생이 저처럼 소아마비인데 아이를 갖고 싶어 해도 들어서지 않아 고민을 하더라고요. 그래서 제 경험을 살려 많은 이야기를 해 주었지요. 저도 초기에 조심하지 않아서 아이를 잃은 경험이 있거든요."

그녀의 도움으로 아는 동생은 아이를 잘 가져서 낳았습니다.

스물여섯 살에 교통사고로 척추와 다리를 다쳐 침대에서 누워 지내는 분이 있습니다. 남편의 도움을 받아 자활센터의 센터장을 하시지만 늘 누워 있어서 그녀에 비해 거동이 많이 불편합니다. 순덕 씨는 스물여섯 살까지 일상생활에 불편하지 않았던 센터장이 한편은 부럽고 한편으로는 다른 이의 도움 없이는 아무것도 할 수 없는 그녀에게 무언가 도움을 주고 싶기도 합니다.

"제가 음식을 좀 잘하니까 파김치를 담가 주고 싶더라고요. 파를 다듬으면서 두 손을 쓸 수 있다는 것에 다시금 감사한 마음이 들었어요."

우리는 흔히 무언가를 많이 가지고 있어야 나눠 줄 수 있다고 생각합니다. 그러나 정작 나누는 이들을 보면 마음에 여유가 먼저 있어서입니다. 그렇지 않으면 창고에 잔뜩 쌓아 두고 썩혀도 나누지 않고 다음에 더 넉넉할 때라고 미루게 되지요.

그녀는 자신이 인복이 많다고 말합니다. 그러나 인복이란 게 무얼까요? 가고 오는 것이 있어야 서로 챙기게 되는 거 아닐까요? 인복은 가만 있어도 누군가 나를 마냥 도와주는 게 아니라 내가 마음을 열고 적어도 내가 받을 준비가 되어 있을 때 날 도와주는 것입니다. 늘 베푸는 그녀의 심성 때문에 내가 그녀를 만나는 사이에도 누군가 총각김치를 담아서 가져오겠다는 전화를 합니다. 그녀는 그런 일상들에 큰 보람을 느끼며 삽니다.

우리나라 장애인 인구는 252만 명이라고 합니다. 일곱 가구 중 한 가구에 장애인 식구가 있다는 거지요. 거의 모든 장애가 후천적이라고 하니 어쩌면 인정하고 싶지 않아도 우리 모두 누구나 장애인이 될 수 있는 예비 장애인인 것입니다. 그러니 장애인이 우리와 별세계를 사는 사람들이 아니라는 거지요.

이제 발을 뗀 장애인식개선 강사로 참여하는 일도 그녀에게는 매우 소중한 일입니다. 아이들은 활동이 자유롭지 못한 그녀가 교실 문을 들어서면 일단 집중합니다. 아이들에게 장애인을 돕는 에티켓을 가르치면 아이들은 눈을 반짝이고 듣습니다.

인정이 많은 아이는 앞서서 도와주려고 하겠지만 그런 것이 오히려 더 불편하게 하는 경우도 있고 막상 도움을 요청해도 어떻게 도와줘야 할지 모르니 그런 상황들에 실례를 들어 설명하면 잘 알아듣고는 합니다. 어느 경우든 일단은 먼저 도와줄지 물어보고 방법을 일러 주면 그대로 하면 된다는 것을 저도 배웠습니다.

순덕 씨, 그녀는 여고생이 되어 또 다른 세상을 살고 있습니다. 집안에 홀로 남겨져서 기어다닐 때는 내가 왜 이 세상에 태어났을까? 스스로의 삶을 저주하기도 했습니다. 멀쩡한 사람도 사춘기를 겪으면 죽고 싶다는 말을 덧없이 합니다. 그녀는 정말 하루에도 몇 번씩 이렇게 살아서 사람 노릇을 못하느니 일찍 세상을 등졌으면 좋겠다는 생각도 했을 겁니다.

그러나 세상의 사람 노릇은 환경이 하는 게 아니고 의지가 한다는 것을 알았습니다. 그녀가 터를 닦아 놓은 덕분에 그동안 섣불리 두드리지 못했던 방송통신고등학교에 장애인 후배가 들어오기도 했습니다. 앞으로는 더 많은 동료들이 문을 두드릴지 모릅니다.

"학교를 다니기 전까지는 그냥 사느라 바쁘다고 생각했어요. 그런데 마음에 열정이 생기니까 세상이 다르게 보였어요. 어제까지 불만스러웠던 것이 생각해 보면 감사한 일이라는 걸 알게 된 거죠. 길가에 있는 꽃 한 송이, 풀 한 포기에도 말을 걸어 주고 싶은 거 있지요. 너희들 살아 있어서 아름다운 세상을 보는구나, 이렇게요."

그렇게 세상이 열려져 가는 가운데 순덕 씨의 꿈은 이루어져 가고 있습니다. 앞으로 더 찬찬히 깊게 이어 가겠지요. 은서도 그녀처럼 쑥쑥 커 갈 겁니다. 청각장애를 앓고 있지만 안정된 기술을 가지고 있어서 열심히 자기 일을 하는 성실한 남편도 그녀 곁을 지켜 줄 겁니다.

'당신의 발이 되어 줄게.' 라고 했지만 술 한잔 마시면 데리러 오라는 남편의 호출이 정겨운 순덕 씨, 그녀는 낙엽이 굴러가도 꺄르륵 웃는다는 여고 2학년입니다. 한동안 그녀의 직업은 학생일 겁니다. 그토록 다니고 싶은 학교이고 이제 시작이라는 마음으로 대학교도 가 보려고 합니다.

나는 순덕 씨가 오랫동안 학생이길 바래 봅니다. 높은 곳보다 낮은 곳에서 위안을 받으며 자신에게 늘 할 수 있다고 외치는 순덕 씨는 오늘도 책가방을 쌉니다.

순덕 씨! 파이팅!

학생에서 박사가 되는 그날까지 그녀의 열정이 멈추지 않기를 바라며, 강한 의지의 순덕 씨를 응원합니다.

상처의 빗장

우리는 서로 얼마나 소통하면서 살까요? 내 마음이나 내 생각을 상대에게 전달하는데 효과적인 건 무엇일까요? 눈빛, 손길도 있지만 말이 가장 큰 수단이겠지요. 소통하려면 먼저 말을 들어야 합니다. 아니면 수화를 하던가요. 그래도 사람들 사이의 소통은 쉽지 않다는 생각을 합니다.

같은 말을 쓰고 같은 문화를 가지고 살아도 소통이 쉬운 건 아니지요. 똑같은 말을 들어도 제각각 받아들이는 게 다른 것 또한 사실이고요. 한마음이라는 게 사실 쉬운 게 아닙니다. 소통의 전제는 열린 마음이라는 생각을 해 봅니다. 열린 마음의 전제는 사랑이고요. 상대가 어떤 표현을 해도 내가 받아 주고 싶으면 받아 주고 내가 받아 주고 싶지 않으면 어떤 말도 들리지 않는 게 사실이기도 하지요.

가족은 또 어떨까요? 가까이 있는 사람들이 단절되는 것처럼 고통스러운 상황은 없습니다. 가족은 사랑으로 시작한 관계여서 많은 걸 품지만 그렇기에 많은 걸 또 상대에게 미뤄 버리기도 합니다. 쉽게 말하면 많은 기대를 하기에 많이 상처를 받기도 하지요.

'엄마 아빠가 저에게 뭘 해 주셨나요?'

'자식이 되어서 부모한테 어떻게 이럴 수 있니?'

'오빠 때문에 나는 많은 걸 포기했어. 언니라고 나한테 잘해 준 게 뭔데?'

'넌, 나한테 항상 바라기만 하더라!'

'아버지 아니면 이렇게 되지 않았을 거예요.'

'내가 신이냐! 나도 다 널 살리려고 그랬다.'

'엄마가 언제 자식 생각했다고 그래요?'

'너희들 키우느라 난 허리가 굽었는데 지나고 보니 자식 다 소용없더라!'

이보다 더 얼마나 많은 말들로 우리는 서로를 후벼 팠을까요? 사랑해도 부족한데 가족이기에 더 기대다 보니 소통은 고사하고 상처의 세월들이 많은 경우를 종종 봅니다.

거꾸로 가족이기에 더 못해 주어서 미안하기도 하지요. 그래서 그 죄의식이 소통을 방해하기도 하고요.

'남들처럼 잘해 주지 못하고 고생만 시켜서…….'

'그때 부모님 말을 들었어야 했어요.'

'부모라고 너무 큰소리만 치고 미안하다.'

'사실 다들 어렵게 컸는데 나만 이런가 하고 반항했어요.'

'다른 자식 다 두고 니가 제일 걱정이 든다.'

'저는 괜찮아요. 제게만 신경 써서 다른 형제들한테 미안해요.'

서로들 이런 생각을 하면서도 그 말을 입 밖으로 꺼내지 못하고 미안한 마음에 서로 입을 다물어 버리는 경우도 많습니다.

여기에 장애가 끼어들면 소통은 더 어렵게 되지요.

'내가 이렇게 되도록 버려 둔 부모님이 원망스러워요.'

'너한테 어떻게 해야 할지 모르겠는데 자꾸 성질만 부리고 사나워지니 참 감당이 안 된다.'

'장애가 있어도 부모가 잘하면 비장애인보다 더 잘되는 경우도 많아요.'

'내가 너한테 잘못한 게 많겠지. 그때는 먹고 사는 게 숨에 부쳐서 다들 그렇게 살았어.'

'조금만 더 배웠어도 무시당하고 살지 않았을 거예요.'

'옛날에 여자애들은 본래 많이 안 가르쳤어.'

소통이 잘 되는 경우도 상처는 마찬가지입니다.

'내가 그날 널 혼자 버려 두지 않았다면……'

'제가 부주의해서 그런 거지요.'

'그때 그러는 게 아니었는데……'

'절 살려 보려고 그러신 거잖아요.'

'미안하니까 널 더 피하게 되더라.'

'제게 눈길을 안 주시니 제가 어떻게 해야 할지 몰랐어요.'

'내가 잘못 살아서 네가 이런 고통을 당하는 것 같아.'

'저는 잘할 수 있어요. 너무 걱정하시니까 그게 도리어 더 힘들어요.'

'다, 내 죄 같아.'

'운명인 걸요. 누구 탓을 하겠어요.'

　여기 소통이라는 큰 화두를 가지고 사는 한 여인이 있습니다. 이옥자 씨는 복합장애를 가지고 살아갑니다. 오른쪽 다리 절단으로 절단장애 4급, 귀가 잘 들리지 않는 바람에 청각장애 3급입니다. 그 장애를 누군가에게 편히 이야기한 시간이 얼마 되지 않습니다. 자신을 남들에게 이야기하는 것이 두려웠습니다. 또 무시받는 것도 참을 수 없었지요.

　절단장애라고 하지만 그녀는 의족을 하고서 비장애인보다 더 열심히 운동하고 열심히 움직입니다. 그녀는 대전 계족산 근처에 삽니다. 비장애인들이 계족산 주위를 네 시간 정도 걸려 걸으면 그녀는 여섯 시간 정도

지만 거의 매일 완주합니다. 예전에는 장애인 볼링 대표로 나가기도 할 만큼 어떤 운동이든 잘 했습니다.

"사람들이 잘 몰라서 그러는데 절단장애인들은 의족을 하면 축구도 할 수 있어요. 물론 비장애인처럼 달릴 수는 없지요. 또 표시가 나기는 해요. 제 다리하고 의족 겹치는 부분이 튀어나오니까요. 얼마 전까지 바지가 다리에 꽉 끼는 게 유행했잖아요. 그럴 때는 좀 불편했어요. 바지 치수를 넉넉하게 사서 허리를 줄여 입고 그랬거든요. 근데 요즘 보니 다시 나팔바지가 유행하데요. 그러면 좀 이쁘게 입을 것 같아요."

그녀는 요즘 사진을 배운다고 합니다. 3년 전에 장애인 가족들을 위하여 무료 교육을 해 주는 복지관 프로그램으로 시작해서 지금은 한밭대학교 평생교육원에 등록해 더 배우고 있다고 합니다. 돈이 없어서 보급형인 캐논 600D로 찍습니다. 전문가용 카메라는 아니지만 열정은 사진작가 못지않습니다.

그녀에게 생기는 장애인 연금이라든지 생활비의 일부는 사진을 찍는 일에 가장 많이 소요됩니다. 사진을 찍으러 한 번씩 나갈 때마다 교통비가 수월치 않게 들기 때문입니다. 그래도 가는 시간 내내 즐겁습니다.

저를 만나러 오는 날 아침에도 사진을 찍었다며 가을 단풍이 깔린 거리를 담아 보여 줍니다.

"원하는 풍경을 찍으려면 시간 맞춰 가야 해요. 운무가 올라가는 거 찍으려면 비 오는 다음 날이나 봄, 여름 기온 차 많이 날 때 찍어야 하거든요."

사진을 찍는 게 왜 좋으냐는 제 질문에 그녀는 이렇게 말합니다.

"좋은 풍경을 오늘 한 번 보고 끝나면 아쉽잖아요. 그런데 이렇게 찍어 놓으면 계속 볼 수 있어요. 그리고 우리 손녀랑 손자 사진도 찍어 줄 수 있잖아요. 그게 제일 좋아요."

사진을 처음 배우던 해, 겁도 없이 찍어 준 것이라며 내미는 사진을 핸드폰으로 보니 이제 돌을 맞은 손자와 애교스런 손녀가 활짝 웃고 있습니다.

"나 닮았어요? 우리 손녀가 나 닮았는데."

귀여운 눈매가 할머니와 닮아 있습니다. 닮았다고 말하니 어린아이처럼 좋아합니다. 당연히 핏줄이 어디 가겠는지요. 세상의 할머니들은 손녀가 참 예쁘겠지요. 그녀는 어렵게 키운 외아들이 낳은 손녀이기에 더욱 소중합니다. 그녀는 손녀에게 물질적으로 무엇을 해 줄 만한 능력은 없지만 기회가 되면 사진을 많이 찍어 주고 싶다고 말합니다.

그래서 이옥자 씨는 점점 더 멀어지는 귀가 걱정입니다. 이러다 예쁜 손자손녀의 소리를 잘 듣지 못 할까 봐요.

"텔레비전을 보니까 40년 고생한 귀를 고쳐 주는 병원이 대구에 있다고 해서 쫓아갔어요. 그랬더니 중이염이잖아요. 귀에서 고름 나는 거, 그건 고치는데 나는 신경이 죽어 가는 거라 안 된데요."

그녀의 어머니도 그녀와 같은 청각장애인입니다. 스무 살 때 외할머니 한테 맞아서 그렇게 됐다는데 그녀는 자신이 어쩌면 유전인지 어릴 때 열병을 앓아서 그러는지 이유를 몰라서 답답합니다. 그러나 그녀의 아들은 매우 건강하고 더구나 전문직인 의사입니다.

아무것도 가진 것 없이 아들을 의사로 만들기까지 그녀의 고생이 얼마나 컸을지 짐작이 갑니다.

"남편도 척추가 아픈 사람을 만났어요. 부모도 일찍 돌아가신 고아였는데 우리 엄마가 나보고 미쳤다고 막 반대하고 야단쳤어요. 그런데 뭘, 아들이 들어서고 그래 살았지요. 제가 우리 아들 하나는 잘 키우고 싶어서 뱃속에 있을 때 아들이든 딸이든 의사를 만들려고 태교를 열심히 했어요. 그래서 난 태교가 굉장히 중요하다고 생각해요."

그녀는 아이가 의사가 된 것은 태교 덕이 강했다고 믿어 의심치 않습니다. 아이는 초등학교 때는 선교사가 되겠다고 하더니 중학생이 되고 부터는 줄곧 의사의 꿈을 키웠다고 합니다. 이옥자 씨의 아들은 정형외과

의사입니다. 길게 설명을 듣지 않아도 선택한 과가 왜 정형외과인지 알 수 있을 것 같습니다.

그녀가 당당할 수 있는 건 그런 아들이 있어서입니다. 예전에는 피해의 식도 조금은 있어서 더 당당하려고 했지만 아들을 열심히 키우는 것으로 그녀는 모든 보상을 받았다는 생각이 듭니다.

"우리 애가 제 말을 잘 따라 주었어요. 너는 부모가 장애인이라서 남들이 널 우습게 볼 수도 있지만 절대 기죽으면 안 된다. 너는 너고 우리는 우리지, 니가 우리 때문에 무시당할 이유가 없다. 엄마 아빠 때문에 그런 일이 생기더라도 절대 울거나 약해지면 안 된다. 귀가 닳도록 말했어요. 강하게 키우려고 잔정을 못 줘서 미안하지요. 그래서인지 우리 앞에서는 한 번도 울지 않았어요."

아들을 키우면서 그녀는 중학교 때 두 달 국어, 수학 학원을 보내고 초등학교부터 고등학교 가기 전까지 4년 영어 학원을 보낸 것 말고는 사교육비를 쓰지 않았다고 합니다. 쓸 돈도 없었지만 아들은 두 달 학원을 다니더니 혼자 공부하는 게 낫겠다고 하더랍니다.

"중학교 때 내가 '너는 왜 요즘 공부 안 해?' 그러니까 친구들은 다 학원 다니면서 한다고 그래요. 그러면 자기도 학원 보내 달래요. 그래서 보냈더니 별로였나 봐요. 그냥 집에서 맘 잡고 공부하더라고요."

중학교 때까지는 기초생활수급권자여서 아들의 수업료가 면제였지만 고등학교는 혜택을 받지 못했습니다. 그래도 혜택이 있을까 싶어서 동사무소를 갔더니 담당공무원이 그녀에게 자존심 상하는 소리를 합니다.

"아니, 애를 왜 인문계에 보냈어요? 인문계 보낸 거 보니 먹고살 만한가 보네요. 정보화학교 갔으면 혜택이 있을지 몰라도…… 수급자 맞는지도 실태 파악을 해 봐야겠네."

그녀는 정말 화가 났습니다.

"그러니까 없는 집 애들은 기술이나 배워서 살고 더 나아지려고 하지 말라는 소리잖아요. 그냥 혜택을 줄 수 없다고 말했으면 내가 그러려니 했을 텐데 너무 기분이 나빠서 구청 게시판에 속상한 사정을 다 썼어요. 공무원이 어떻게 그런 말을 함부로 할 수 있느냐? 없는 집은 가난도 대물림해야 하나? 그랬더니 구청에서 연락이 왔어요. 죄송하다고. 우리 애가 공부를 어느 정도 하느냐 전교 15% 내이면 구청에서 도움을 주겠다 그래요. 그래서 성적증명서 떼어서 갖다 줬더니 고등학교 1분기만 내고는 전부 구청에서 지원해 주었어요."

없는 살림에 아들을 키웠지만 고등학교 때 반장을 하는 아들을 위하여 기죽지 않도록 반장 엄마의 도리는 다 했습니다. 그녀는 사춘기도 없이 무난하게 커 주는 아들이 대견했습니다. 늘 기죽지 말라고 해서 그랬는지 아들은 부당하게 교사가 대해도 고개를 숙이기보다 꿋꿋이 버텼다고 합니다. 아들은 조금이라도 부모가 걱정할 말은 집에 와서 하지 않았습니다. 옆에 있는 부반장 엄마가 말이 빠른 사람이었는데 이야기해 줘서 아들의 학교생활을 알고는 했습니다. 다행히 부모가 부족해서 아들이 무시당하기보다 더 아들을 챙겨 주는 담임을 만나기도 했습니다.

그녀는 아들의 정신을 북돋워 주고 아버지는 아침저녁으로 공부하느라 힘든 아들을 태워 오고 태워다 주었습니다. 그들 부부는 아들이 열심히 공부하는 것을 보는 것만으로도 행복했습니다.

아들은 드디어 충남대 의과대학에 입학을 했습니다. 공부하느라 지친 아들이 '엄마, 저 본과 들어가기 전까지만 놀게요.' 하기에 그러라 하고는 아들의 학비를 마련하느라 애를 썼습니다.

"울 아들이 의과대학 들어갔다니까 우리 엄마가 한 학기 등록금을 주데요. 나 의족 한다고 할 때는 한 번도 안 보태 주더니 울 아들은 해 줬어요. 남동생이 또 한 번 해 주고 울 남동생이 나한테 잘해요. 시아주버니가 한 번 해 주고 2년만 놀겠다고 했는데 그렇게 노니까 성적이 금방 안 올라가잖아요. 그래서 한 학기 더 등록금을 대느라고 두 번 빚졌어요. 그 이후로 성적을 잘 받아서 다 장학금으로 다녔어요."

장학금의 최대 공신은 물론 아들이지만 그녀도 그런 아들을 위해서 부지런히 인터넷 검색을 했다고 합니다. 아들과 같은 형편의 학생들에게 장학금을 주는 기회가 종종 있다는 말을 들었기 때문입니다.

　"제가 우리 아이에게 늘 그 말을 해요. 무슨 일이든 하다가 아니다 싶으면 바로 때려치우고, 하겠다 싶으면 꾸준히 해야 한다고요. 처음 선택을 잘해야 한다고 강조하지요."

　아들은 아내도 잘 선택해서 예쁘고 똑똑한 며느리를 얻었다고 자랑을 합니다. 사람들은 넌지시 아들이 의사니 무슨 큰 덕을 보지 않는가 하고는 떠봅니다.

　그러나 그녀는 그런 소리가 싫습니다. 요즘 세상이 의사라고 무슨 큰돈을 버는 것도 아니고 크게 해 준 게 없는데다 부모라고 너무 바란다는 것은 말이 안 된다고 경우 바른 소리로 제게 동의를 구합니다. 자신도 부모로부터 별로 받은 게 없고 부모 원망도 많이 하고 자라서 아들이 자신에게 고마워하는 모습을 보는 것만으로도 도리어 고맙다고 생각합니다.

　"제가 초등학교 졸업하고 중학교를 안 갔어요. 여자라고 안 보낸 거지요. 그때는 그러려니 했어요. 아버지랑 어머니 따라서 죽어라고 일을 했어요. 초등학교 5학년 때부터 집에 일해 주러 온 아저씨들 밥을 해 줬으니까요. 일 참 극성스럽게 했어요. 아버지가 시키지 않아도 알아서 잘한다는 소리에 좋아서 정신없이 일했지요. 내가 다리 다친 그날도 감자밭에 가서 강낭콩을 뽑아다가 그걸 그냥 두면 무르니까 꼭지를 마르게 해야 해요. 그래서 그걸 처마 밑에 매달고 나니 깜깜해지데요. 아버지가 너 먼저 씻고 가라고 그래서 집 앞 마당 건너 도랑에 가서 씻으려는데 뭐가 발등 위로 지나가요. 보니까 뱀이에요. 그래서 아버지 뱀이 지나갔는데 발등을 물었나 봐요. 그리고 내밀었지요.”

일이 그러려고 그랬을까요? 그때가 여름이었는데 하필 봄에도 동네 친척 아저씨가 뱀에 물려 돌아가시는 일이 있었습니다. 어른들 하는 말이 봄에 다니는 뱀은 겨울잠을 자고 나와서 독사도 독이 없다고 하는데 병원에 가서 주사를 맞는 바람에 죽은 게 아니냐고 떠들었습니다. 그러다 보니 뭘 잘 모르는 동네 사람들 사이에서 뱀에 물리면 병원에서 주는 주사를 맞으면 안 된다고들 했습니다.

그걸 기억하는 아버지가 뱀에 물린 그녀를 병원에 데려가기보다 집에서 손을 써 보려고 합니다. 마침 방에서 공부를 하던 큰오빠가 고등학교 2학년이었는데 교련 시간에 배웠는지 나와서 발등에 칼집을 내고 독을 빨아야 한다는 말을 합니다. 아버지는 아들과 함께 그녀의 발등에 칼집을 내고 독을 빱니다. 아버지의 입이 몇 번 하지도 않았는데 금세 부풀어 오르기 시작합니다. 놀란 아버지는 어머니 보고 하라고 합니다. 어머니도 바로 입이 부풀어 오릅니다. 그러자 동네 한의사 할아버지를 부르고 할아버지는 유황이 좋은데 없다면서 유황을 구하러 가고 동네가 한바탕 난리가 납니다.

독이 위로 올라가면 안 된다고 생각해 발목을 꽁꽁 묶고 종아리도 묶고 허벅지도 묶습니다. 그러는 사이 그녀는 의식을 잃습니다. 다리는 피가 통하지 않으니 점점 썩어 들어갑니다. 그녀가 그러고 있는 동안에 아버지와 어머니는 온갖 민간요법을 다 해 봅니다. 뽕나무 뿌리를 삶아서 그 물에 발을 담가 보기도 하고 왕거미를 가져다 붙이면 독을 빨아먹는다고 왕거미를 구해 오기도 하고 고약을 붙이기도 합니다. 이 사람이 이게 좋다면 하고, 저 사람이 저게 좋다면 하고 의식이 깨기 전 그녀는 비몽사몽간에 어머니를 봅니다.

눈을 뜨니 어머니가 눈이 퉁퉁 부은 얼굴로 옥자 씨를 내려다보고 있습니다. 할아버지 삼 형제도 할머니도 동네 사람들까지도 모두 그녀를 걱정스레 바라봅니다. 발을 담근 뽕나무 물이 보입니다. 물빛이 시커멓습니다. 노란 물집이 여기저기 잡혀 있습니다. 한의사 할아버지가 침을 놓아서 물집을 터트립니다. 이미 그녀에게 오른쪽 다리는 아무런 감각이 없습니다.

그녀가 뱀에 물렸다는 소문은 이웃 동네까지 쫙 퍼집니다. 그녀의 할머니는 고집스레 병원을 데려가지 않는 아들이 답답해서 동네에서 힘 좀 쓴다는 어른께 아들을 설득해 달라고 부탁합니다. 어차피 이레 죽으나 저레 죽으나 마찬가지 상황이 되었다는 판단이 들었는지 병원이나 가 보자는 그 어른의 권유를 받아들입니다. 뱀에 물린 지 열이틀 만에 병원을 찾아갑니다.

"병원에 가서 누웠는데 치료실에 예전에는 캐비닛이 있었어요. 거기에 빛이 들어오니까 내 발목이 보이는데 의사가 핀셋으로 내 발가락을 하나하나 집어서 버려요. 난 아무 감각이 없고 내 발가락이 버려지는데 기분이 참 그렇더라고요."

의사는 그녀의 발목을 절단해야 한다고 말합니다. 어머니는 발뒤꿈치라도 살려서 걷게는 해 주고 싶다고 말하지만 이미 너무 늦은 일이 되었습니다. 그렇게 발목이 잘려진 채 그녀는 집으로 돌아옵니다. 목발을 짚고 지내다 보니 만사가 다 귀찮아집니다. 그녀는 일부러라도 일은 전혀 안 합니다. 어머니는 그제야 중학교를 다니라고 말합니다.

"열일곱 살에 중학교를 갔어요. 다른 애들보다 세 살이나 많았지요. 공부는 곧잘 했어요. 수학을 참 좋아했어요. 내가 우리 아들 중학교 2학년 때까지 수학을 가르쳤으니까. 고등학교 때 어떡하든 진학반을 들어갔어야 했는데 대학까지는 못 갈 걸 알아서 비진학반에 갔더니 선생님들이 전혀 신경을 안 써요. 공부는 안 하고 맨날 놀았지 뭐예요."

그런데 그때부터 그녀의 귀가 이상하다는 걸 친구들과 선생님이 눈치 챕니다. 출석을 부르면 그녀가 자꾸 대답을 못하는 겁니다. 그녀는 자신의 귀가 이상하다는 사실을 스스로는 몰랐습니다. 발목도 자꾸 아파 옵니다. 나중에 알아보니 뼈가 자라는 것이었습니다.

"고등학교 졸업하니 스물두 살인가? 다시 2차 수술을 했어요. 의사 선생님이 월남전에도 다녀오신 분인데 수술을 잘하시는 것 같았어요. 근데 뼈를 되도록 놔두는 게 좋았는데 의족하기 편하게 하려면 자란 뼈를 잘라내는 게 좋다고 너무 많이 잘랐어요. 끝에 실리콘을 넣어서 완충작용해 주는 건 좋았는데."

고등학교를 졸업하고 이옥자 씨는 서울로 갑니다.

"어머니가 너는 다리가 한 짝 없으니까 기술을 배워야 한데요. 앉아서 하는 게 좋겠다고 해서 미싱자수를 배웠어요. 배워 놓으니까 컴퓨터 자수가 나와서 바로 쓸모가 없었어요."

그녀는 결혼은 하지 않고 자기처럼 장애인인 친구들을 도우면서 살겠다고 마음을 먹습니다. 삼육재활원에서는 만 18세가 되면 장애인이어도 나가야 합니다. 그 사정을 알고 그곳에서 나온 아이들을 데리고 돌볼 곳을 찾아다닙니다. 그러나 생각처럼 그 일은 쉽지 않았습니다.

그러다 그 좋은 아들을 얻으려고 그랬는지 남편을 만나 결혼을 하게 됩니다. 어머니는 딸이 좀 편하게 살기를 원했기 때문에 부모도 일찍 돌아가시고 의지할 데가 없는 데다 직업도 없는 사위를 영 마땅치 않아 했습니다. 하지만 결혼은 부모가 하는 것이 아니기에 그녀는 자신의 선택을 밀고 나갑니다.

"아들 낳고도 둘러업고 일하러 다녔어요. 다섯 살에 태권도 학원을 보냈는데 그때 아빠가 돈 벌러 다니더라고요."

그녀는 어린이집을 하려고 뒤늦게 대학을 가서 신학 공부와 보육 공부를 합니다. 하지만 이제는 일 좀 그만해도 된다는 신의 배려였을까요? IMF가 터져서 준비했던 어린이집을 바로 정리하게 됩니다. 이후로 남편은 그때 하려고 했던 어린이집 차량 운행을 다른 곳에서 지금까지 하고 있습니다.

아들을 키우면서 절약이 몸에 밴 그녀는 특별히 큰돈을 쓸 일이 없습니다. 아들은 어쨌든 자리를 잡아 갈 것입니다. 대전은 구마다 수영장이 있어서 그녀는 수영도 하고 볼링도 하면서 자신의 지구력과 근력을 위해서 운동을 빠지지 않고 합니다.

그렇게 열심히 살면서도 자신의 장애를 말하기가 쉽지 않았다고 합니다. 그래서 상처를 참 많이 받았습니다. 말을 잘 알아듣지 못하는 그녀를 두고 사람들이 오해를 한 것입니다.

"제가 대답을 잘 못하니까 쟤는 왜 저렇게 건방져, 하는 사람도 있고 뒤에서 욕하는 사람도 있고 그랬어요. 좀 솔직했어야 했는데 그래서 주변 친구들을 많이 잃었어요."

그녀는 농아인들을 만나면서 생각이 많이 바뀌었다고 합니다. 그들의 순수한 마음을 보면서 자기도 마음을 열게 되더랍니다.

"난, 처음에는 놀랐어요. 농아 친구들은 처음 만나면 바로 '나 농아야.' 그러면서 자연스럽게 말을 걸어요. 자기 일상도 미주알고주알 얘기를 잘 해요. 제가 수화를 한 2, 3년 배웠어요. 그래서 그 친구들하고 대화가 잘 되는데 왜 언어장애가 왔는지도 얘기를 잘 하고요. 나는 내가 청각장애가 온 걸 한참이나 사람들에게 얘기하지 않는 바람에 말을 못 알아듣는다고 친구들이 두 번, 세 번 말하면 그것도 자존심이 상하더라고요."

사람들은 언어장애가 있는 그들이 고집이 세고 일방적이라는 말을 합니다만 그녀가 보기에는 잘 몰라서 그러는 경우가 많다고 합니다. 고등학교까지 나와도 신문을 읽지 못하는 이가 있다고 합니다. 그만큼 우리나라 장애인 교육이 제대로 이루어지지 않는다는 반증이라고 하네요. 그러니 그들은 정확한 정보가 없어 자기들끼리만 아는 것이 전부라는 생각을 한다고 합니다. 그녀는 그런 그들을 도와주고 싶었습니다. 그녀 자신이 같은 청각장애를 가진 엄마와 서로 소통하지 못하는 것이 안타까워 남의 일 같지 않았습니다. 지금 그녀는 대전농아인협회 이사도 맡고 있습니다.

그녀는 수화통역사 일을 합니다. 하지만 요즘은 수화통역사를 잘 고용하지 않는다고 합니다. 예산 탓이겠지요. 농아인들에게 문제가 생기면 비장애인과의 소통이 분명 잘 되지 않을 텐데 여러모로 걱정이 많습니다.

"고등학교 특별 활동으로 교육을 나가는데요. 애들이 그냥 시간만 때우려고 하지, 배우려고 들지는 않아요. 외워야 하는데 실제 필요에 의한 게 아니니까 건성이지요."

공부에만 매달리는 요즘 세대에 끼워 넣기 식으로 운영하다 보니 제대로 될 리가 없습니다. 소통은 노력하지 않으면 어렵다는 생각을 요즘은 절실히 합니다. 그녀는 자기 자신도 노력하지 않고 지내온 시간들을 반성하는 중입니다.

"발목을 자르게 된 게 우리 부모님의 무지에 의해서라는 생각이 드니까 화가 많이 났어요. 열심히 일한 그날도 속상하고 제대로 교육도 못 받았다 싶으니까 화가 나고 엄마는 걱정이 돼서 그러는데 난 자꾸 잔소리를 한다 싶으니까 이야기를 하고 싶지 않더라고요."

그녀는 2005년에 KBS에서 장애인들을 대상으로 여행을 보내 주는 프로그램에 그런 부모님과의 사연을 보내 처음으로 같이 여행을 다녀왔습니다. 그때 나름 마음의 응어리는 풀었다고 생각했습니다. 결혼하고도 해 보지 못한 큰절도 올려 보고 제주도 성산일출봉도 올라갔다 왔습니다. 아버지 어머니와 포옹도 하면서 사랑한다는 말을 처음 해 보기도 했습니다.

그녀는 사춘기를 늦게 앓았습니다. 아프기 전에는 집안일에 열심이던 그녀가 일부러 아무것도 하지 않고 겉돌았던 시간이 있습니다. 어머니는 그녀가 다 컸다고 생각했기 때문에 이해해 주기보다 잔소리와 야단을 더 쳤습니다. 가뜩이나 제 속으로는 주눅이 들고 자신감이 없는데 어머니의 걱정을 들으니 더 어긋나고 싶었습니다. 그래서 풀어 보려고 어머니와 여행할 생각을 하게 된 겁니다.

그래도 여전히 소통은 쉽지 않습니다. 마음에 빗장이 조금씩 열리기는 하지만 상처는 여전히 아물지 않아서 드러내면 아팠습니다. 상처에 새 살이 돋아서 그 빗장을 열어도 무감각해지는 날이 올 수 있으려나 싶습니다.

그녀는 요즘 자연과의 소통을 먼저 시도합니다. 사진기를 통한 것이지만 살아 숨 쉬는 것들을 담아내면서 생명의 소중함을 새삼 느낍니다. 변화하는 과정을 기록한다는 것의 즐거움도 알게 되었습니다. 어린 손자

손녀의 모습을 담으면서 기쁘듯 언젠가 어머니 아버지의 모습을 담는 날도 올 수 있겠지요.

자식은 부모의 뒤꿈치를 보며 자란다는 말이 있습니다. 그녀는 부모님의 자취를 보며 반면교사로 삼습니다. 아들에게 강하게 자라기를 바라는 마음에 잔정을 주지는 못했지만 가슴 아픈 말은 하지 않으려고 노력했습니다. 어떤 경우에도 믿고 따라 주어야 한다는 생각을 해서 되도록 잔소리를 하지 않으려고 애썼습니다. 부모라면 최선을 다해서 자식 뒷바라지를 해 줘야 한다고 당연히 생각했습니다.

하지만 아들은 어땠을까요? 장애인 부모를 만나서 아이가 겪지 않아도 될 시간들이 있었다는 것을 압니다. 그것으로도 아들에게 미안합니다. 그래서 그녀는 아무것도 바라고 싶지 않습니다.

그녀는 제게 사진 잘 찍는 법을 묻습니다. 저는 요즘 잡지에 들어갈 사진만 불가피하게 찍을 뿐 손을 놓고 있어서 대신 제 남편이 시인이면서 사진가라고 소개를 합니다. 인터넷으로 서핑을 하는 그녀는 저보다 인터넷 정보는 더 빠릅니다.

이옥자 씨의 눈빛이 반짝 빛납니다. 잘 찍을 수 있다면 당장이라도 모든 걸 다 뒤져 볼 것 같습니다. 그러는 그녀의 눈에서 나는 읽습니다. 그녀는 아마도 일하는 아들의 멋진 모습을 찍고 싶을 겁니다. 며느리가 강의하는 모습도 찍고 싶을 겁니다. 손자가 재롱을 떨고 손녀가 예쁜 포즈를 취하는 것에 대하여 자랑하는 모습을 보면서 그 애들을 얼마나 찍고 싶어 하는지 느껴집니다.

소통의 전제는 사랑이라고 말한 것처럼 그녀의 사랑이 사랑하는 대상과 일치하기를 바랍니다. 노력한다면 이루어질 것입니다. 소통은 일방통행이 아니기에 어머니를 통해서 반면교사를 배웠기에 그녀는 현명하게 통하는 법을 알게 될 것이라고 생각합니다.

사진기는 기계이지만 놀랍도록 사람의 마음을 표현합니다. 찍는 대상에 대한 애정이 있는지 없는지는 단순히 잘 나오고 못 나온 사진이 아닙니다. 보고 있으면 마음이 묻어나는 사진이 있습니다. 그건 사진가가 마음을 주었기 때문입니다. 남보다 많이 아프고 남보다 많이 힘든 시간이 그녀를 더 깊게 해 줄 거라고 믿습니다.

어느 날 그녀가 내미는 한 장의 사진에 소통을 넘어선 용서와 화해가 있기를 그립니다.

나를 사랑해

　지리산 자락에서 저는 이 일 저 일 하며 삽니다. 직업은 잡지사 기자로 취재를 다니며 글을 쓰고 인터뷰를 주로 하는데요. 4대 보험은 『차와 문화』라는 잡지사에서 받지만 제가 가장 공력을 많이 들이는 일은 지리산행복학교라고 하는 곳입니다. 전국에서 지리산을 사랑하고 행복을 담론으로 모여 지역민과 만나는 소통의 장이 우리 학교입니다.

　지리산행복학교는 작가 공지영의 소설로도 유명합니다만 그 전에 우리 학교가 있었습니다. 저는 그곳에서 교무처장이라는 직책을 갖고 있습니다. 교무처장하니 뭐 대단한 듯하지만 학교의 자질구레한 일을 하는 도우미라고 생각하시면 됩니다. 재능 나눔으로 시작한 학교이기에 많은 이들과 함께 학교를 꾸려 갑니다. 그 외에도 전남여성인권센터에서 성매매 피해나 폭력 피해 여성들을 위하여 강의도 하고 센터 이사를 맡아 도울 수 있는 일을 찾기도 합니다.

그중에서 제 자신만을 위하여 하는 일이 있는데 노래 부르며 노는 것입니다. 몇 년 전 함께 한 동네밴드는 내 생애 가장 즐거운 기억 중 하나입니다. 거기에서 세 번째 공연을 앞두고 각자 노래를 만들기로 했습니다. 그때 노래 가사를 만들다 보니 난치병 환우들을 위하여 '세상에 그대는 혼자가 아니에요.'라는 가사를 만들어 주기도 했지만 제 자신이 소재가 되어 만든 건 그때가 처음이었습니다. '어떤 노랠 만들까, 나를 가장 잘 표현할 수 있는 노래를 만들어야겠다.' 마음을 먹고 노래 한 곡에 내 삶을 말한다는 게 쉽지는 않았지만 솔직해지기로 했습니다. 노래 가사를 살짝 소개한다면

> 난 아파서 왔어 난 지쳐서 왔어
> 아무도 모른 곳에 숨고 싶었어 사랑이 나를 버렸어
> 난 세상이 싫어 난 사람도 싫어
> 누구도 만나는 게 두려웠어 세상은 날 원하지 않아
> 이제 난 그대가 좋아 이제 난 여기가 좋아
> 지나간 아픔들은 아무것도 아니야
> 내가 날 사랑하면 돼 이제 난 그대가 좋아
> 이제 난 여기가 좋아 지나간 상처들은 아무것도 아니야
> 내가 날 사랑하면 돼

첫 공연은 지리산으로 귀농한 사람들이 대부분인 곳에서 불렀습니다.

누군가 저와 공감하는 듯 눈물을 훔치는 이를 보면서 어설프지만 마음이란 이렇게도 통하는구나, 하는 생각이 들었습니다. 그 뒤로 여러 곳을 다니며 공연했는데 폭력 피해 여성들을 만났을 때 이 노래를 들려주면 그 친구들도 많이 공감을 해 줍니다. 삶이란 녹록치 않아서 누구나 아프고 누구나 세상이 싫을 때가 있습니다. 그때 해답은 나에게로부터가 아니면 안 된다는 것을 알았습니다.

제가 잘하는 것 중에 하나가 공감 능력인데 여성 장애인 인터뷰를 다니다 보면 상대의 아픔이 고스란히 전해 오는 경우가 종종 있습니다. 어쩔 때는 상대보다 듣고 있는 내가 더 아픕니다. 저는 이 능력이 신이 제게 주신 가장 큰 능력이라는 생각을 합니다. 상대의 아픔에 공감하는 순간, 소통이 이루어졌습니다.

세상에 일들은 늘 어수선합니다. 세상이 많이 좋아졌다지만, 장애인의 권리가 나아졌다지만, 얼마 전 장애인 교육센터를 중학교내 시설에서 이용하는 문제로 시끄럽다는 뉴스를 보면서 결국 좋아진 것은 무엇일까? 하는 회의가 들었습니다.

일부의 사람들은 자기를 사랑하는 일이 이기적이어야 하는 줄 착각합니다. 세상은 나 혼자 살아갈 수 없다는 지극히 당연한 순리를 안다면 나만을 위하여 사는 순간, 그렇게 소중한 내가 사라진다는 것을 알아야 합니다. 이기적인 부모를 둔 아이가 그런 부모를 위하여 사랑하는 마음을 가질까요? 아이를 위해서 반대한다지만 그 아이가 그런 부모를 존경할까요?

저는 단언컨대 아닐 거라고 생각합니다. 그런 아이는 제가 자식을 낳으면 자기 부모가 한 것처럼 왜곡된 사랑을 줄지 몰라도 부모를 위해서 자기 도리를 다하지는 않겠지요. 그러면 이기적인 부모는 사랑은 내리사랑이니까 하면서 나이 들어 재산이나 꼭 붙들고 살아야 한다고 말하겠지요. 그렇게 사는 삶이 얼마나 쓸쓸할까요!

정말 나를 사랑한다는 말은 세상을 사랑하고 사람을 사랑한다는 말일 겁니다. 나보다 약한 사람을 돌보고 나보다 더 필요한 이를 배려하고 나보다 더 당하는 자의 편에 서서 이야기할 줄 아는 것이 정말 나를 사랑하는 일이라는 것을 저부터 제 아이에게 말해야겠습니다. 열 번을 말해도 부족하니 생각날 때마다 말해야겠습니다.

나만 힘들다고 징징대지 말아야겠다는 생각도 더불어 해 봅니다. 둥그렇고 따뜻한 공감 안으로 발이 들어가려 합니다. 그대가 보이니 내가 보이고 내가 보이니 그대 또한 보입니다. 행복은 다른 게 아니었습니다.

2015년 11월
신희지

그 소중한 순간들

이강조

잊고 살아왔던 기억, 그 소중한 순간들

지금까지 어떻게 살아오셨나요? 바쁘게 사시느라 어떻게 살았는지 잊고 사셨다고요! 저도 그랬네요. 아침에 눈을 뜨고 하루 일과를 그려 보면 참으로 길 것 같았는데, 막상 하루를 살아 보면 참 짧더라고요. 어떻게 살았는지 모를 정도로. 언제나, 늘, 그런 시간이 하루하루 쌓이다 보니 벌써 쉰 하고도 셋의 나이를 갖게 되었네요.

처음 나에 대한 이야기를 해 달라는 지인의 부탁을 받고 무척 고민에 빠졌었어요. 지금까지 살아온 날들이 별 사건 없이 그저 그러했거든요. 정말 특별한 것이 없었어요.

'무슨 이야기를 하지. 약속을 했으니 이제와 안 한다고 할 수도 없는 노릇이고, 정말 답답하다.'

고민의 시간이었어요. 왜 하필 그 전화를 받는 날 일이 너무 바빠서 생각없이 그렇게 하겠다고 했는지 그 순간이 미워지더군요. 인터뷰 날짜는 점점 다가오고 그럴수록 마음은 조급해지고. 그렇게 오랜 시간 고민하다 답을 내렸어요.

'그래 지금 내가 하고 있는 일을 말해 주면 되겠다.'

그렇게 마음을 먹었지요. 그리고 편하게 인터뷰를 기다렸어요. 그런데 막상 인터뷰를 하면서 이 질문 저 질문에 답하다 보니 '그럴 때가 있었구나!' 자꾸 무릎을 치게 되더라구요. 별거 없다던 내 삶의 이야기가 기억 저편에 숨어 있었어요.

부모님은 전쟁으로 황해도에서 내려오신 실향민이세요. 아버지는 군인이셨어요. 배우는 것이 좋다고 대학교도 두 곳을 졸업하셨는데 성격이 고지식하고, 타협하지 않는 성격이어서 배우신 만큼 큰일을 하시지는 못하셨지요. 결국 어머니가 청계천에서 옷과 관련된 공장을 운영하셔서 가정을 꾸리셔야만 했어요. 어머니의 수고 덕분에 우리 가족은 부족함이 없었지요.

그 시절 어떤 분들은 단칸방에서 한 가족이 사셨다고 하는데, 나는 그런 경험이 없어서 상상이 되지 않아요. 한옥에서도 살았고, 양옥에서도 살았는데 방의 개수가 넉넉했던 것 같아요. 저는 혼자서 방을 썼어요. 그래서 모두들 그렇게 사는 줄 알았지요.

　그 시절은 자식을 많이 낳던 시기라 우리 집도 마찬가지였어요. 내 위로 언니가 둘 있었어요. 아들이 귀한 집이었지요. 그래서 아버지께서 저의 이름은 동민이라고 지으셨어요. 이름만 들으면 남들이 아들인 줄 아는데, 사실 아들이 태어나기를 바라던 아버지의 마음이 담긴 딸의 이름이었지요.

　그런 아버지의 바람이 통한 것일까요? 결국 그 이름 덕분인지 나보다 다섯 살 어린 남동생 둘이 생겼어요. 일란성 쌍둥이, 한 번에 동생 둘이 생긴 것이지요. 그렇게 어머니의 사랑과 아버지의 보살핌이 있는 대한민국의 한 가정을 이루고 살았어요.

　나에게 장애라는 그 낯선 녀석이 찾아온 그때가 여섯 살 무렵이었어요. 아버지가 군인으로 강원도에 근무하고 계셨기에 서울을 오고 가셨지요. 그런데 어느 날 어머니의 손에 이끌려 아버지를 찾아간 거예요. 그런데 버스에서 내리는 순간 걷지를 못하겠는 거예요. 정말 걸을 수가 없었어요. 방금 전까지 정말 멀쩡했는데 마법 같은 일이 일어난 것이었죠. 좋은 마법이 아니라 참 나쁜 마법이었어요.

　지금 생각해 보니 그 전에 고열로 심하게 앓으면서 감기인 줄 알았던 것이 이 마법의 시작이었나 봐요. 그날 이후 서울대병원을 시작으로 어머니의 따스한 등에 업혀 용하다는 병원을 찾아 전국을 돌아다니기 시작했어요. 한번은 안동까지 가서 한의원에서 침을 맞고 온 적도 있어요.

요즘은 소아마비장애가 백신이 있어서 더 이상 발생하지 않는다고 해요. 하지만 내가 태어날 무렵에는 소아마비가 유행을 했지요. 1960년에 시작해서 1963년도에 절정이었어요. 그러니까 내가 태어난 1963년도, 그 절정의 순간에 나에게도 그 마법 같은 바이러스가 찾아와 소아마비라는 불편함을 주고 간 것이지요.

다리에 힘이 없고, 아프다 보니 걸어 보겠다는 생각을 접었어요. 그럼에도 불청객으로 찾아오는 통증까지 잊기에는 내가 너무 어렸어요. 다리가 아프다고 말하면 어머니는 물을 끓이기 시작하셨어요. 그 뜨거운 물을 고무팩에 넣어 다리를 찜질해 주셨지요. 그 찜질팩의 온도가 내려가면 뜨거운 물로 바꿔서 다시 찜질을 해 주셨어요.

그 찜질팩이 너무 뜨거웠어요. 정말 뜨거웠어요. 그렇지만 뜨겁다고 말할 수는 없었어요. 어머니의 손은 그 뜨거운 물로 인해 나보다 더 붉은 색을 하고 있었거든요. 정말 빨갰어요. 피부가 벗겨질 것 같아서 걱정이 될 정도였으니까요.

어머니는 내가 어느 정도 일어서서 걸을 수 있게 된 것이 뜨거운 찜질과

주물러 준 수고의 덕이라고 굳게 믿으셨지요. 어쩜 어머니의 정성과 그 믿음이 내가 조금이라도 덜 불편하게 걸을 수 있도록 해 준 것인지도 모르겠네요. 그렇게 초등학교 입학 전 2년의 시간 동안 어머니의 눈물겨운 정성이 있었으나 소아마비는 치유될 수 있는 병이 아니었기에 소용은 없었어요.

결국 어머니의 바람은 이루어지지 않은 채 초등학교에 입학하게 되었지요. 지금도 생생하게 기억나요. 입학식 전날 보았던 어머니의 눈물. 그 눈물은 이렇게 살아야 하는 나에 대한 안타까움과 죄인 아닌 죄인으로 어머니가 짊어지시게 된 멍애 같은 것이었던 것 같아요. 덩달아 울고 싶었지만 그럴 수 없었어요. 어떤 거라고 말할 수는 없지만 그 시절 그냥 그랬어요. 숨어서 우두커니 바라만 보는 것이 제가 할 수 있는 전부였어요.

"엄마, 나 괜찮아요. 정말 괜찮아요."

그렇게 어머니를 위로하고 싶었지만 정말 그럴 수 없었어요.

초등학교 입학 후 나의 생활은 똑같았어요. 다만 이제는 의무적으로 아침에 일어나면 학교에 가야 한다는 새로운 규칙이 생긴 것 빼고는요. 다만 조용조용한 내 성격으로 인해 친구들과 잘 어울리지는 못했어도 장애로 인한 친구들의 놀림은 없었어요. 그 시절 장애가 있다고 생각하지도 또 그것 때문에 힘든 일은 없었어요.

비가 내리던 어느 날이었어요. 같은 반의 한 녀석이 나를 향해 팔을 쭉 내미는 거예요.

"가방 들어줄까?"

'왜?'

짧게 대꾸를 하고, 속으로 별의별 생각을 다했어요.

'이 녀석 나에게 뭐 때문에 이러지? 나를 좋아하나? 아님, 내 불편한 다리가 연민의 정이라도 불러왔나?'

결국 매몰차게 답해 주었어요.

"싫어."

그때 왜 그랬는지 모르겠어요. 지금이라면 "그래." 하고 냉큼 주었을 텐데 말이죠.

시간이 흐를수록 장애로 인한 불편함은 잊혀져 갔어요. 어쩜 잊혀져 간 것이 아니라 익숙해져 갔다고 하는 게 조금 더 정답에 가까울 것 같네요. 조금 절룩거리는 것 빼고 걷는 데에는 문제가 없거든요.

그런 나에게 장애로 인한 어려운 숙제가 생겼어요. 5학년 때인데요. 그 시작은 체육 시간이었지요. 다른 친구들은 재미있게 운동을 하는데, 나는 교실에서 또는 운동장 벤치에서 친구들이 뛰어노는 것을 구경하는 것이 전부였어요. 선생님은 제게 큰 배려라도 베풀고 계시다는 생각에 그런 본인의 행동에 우쭐해하셨는데, 그 배려가 제게는 상처로 남겨졌어요.

짐을 지키고 있거나, 바라만 보거나, 앉아 있거나 그렇게 남들과 다른 모습으로 남아야 한다는 것. 그래서 오는 소외감보다 괴리가 크게 다가왔어요. 선생님의 그런 행동은 내게 다른 아이들과 다르다는 것을 인정하라고 강요하는 것 같았어요. 그래서인지 점점 사람들로부터 숨는 버릇이 생겼던 것 같아요. 중학교에 진학 후에는 선생님이 말씀하시기 전에 내가 먼저 할 수 없을 것 같다고 말씀을 드리게 되었지요.

그러다 보니 학교에서 소풍이나 현장학습 등 외부 활동이 생기면 자꾸 빠지는 습관이 생겼어요. 남이 나를 따돌리기 전에 내가 그들을 따돌리는 것이지요. 결과는 같더라도 그 주체가 누구냐에 따라 느끼는 감정은 정말로 크게 다르거든요. 나에게 있어 슬픈 감정과 열등감, 이 우울하고 복잡한 감정이 교차하면서 나를 점점 작게 만들었어요. 이런 모습은 고등학교까지 이어졌어요.

그렇다고 모든 사람이 나를 특별하게 대한 것은 아니었어요. 고등학교 1학년 담임 선생님은 제게 오히려 물으셨지요.

"동민아, 네가 어디가 불편하다고 하는 거지?"

"아니, 선생님. 제가 걷는 게 좀 불편해요."

"그래? 그럼 한번 얼마나 불편해 보이는지 봐도 될까?"

"네?"

"응, 한번 걸어 봐."

결국 아이들 앞에서 걷게 되었는데, 선생님은 걸음을 멈추기도 전에 친구들에게 질문을 하셨어요.

"봐, 동민이가 걷는 게 불편하다고 하는데. 불편해 보이는 사람 있어?"

"아니요."

아이들은 선생님의 물음에 답을 했지만, 그 답에 동의하지 못하는 것은 나뿐이었어요. 어쭙잖은 장애인, 그게 바로 나였어요. 장애가 심하지도 않고, 그렇다고 아닌 것도 아닌. 나는 습관적으로 스스로를 열외시켰어요. 상처로 인해 성장하기를 거부한 양철북 소설의 주인공처럼. 긍정적이지 못한 울타리에 나를 가두고 있었던 것이지요.

사춘기 고등학생. 학년이 올라갈수록 더 심해졌지요. 갑자기 남학생들이 의식되기 시작했거든요. 불편한 걸음걸이가 창피하게 느껴지기 시작했어요. 남자아이들이 있으면 망부석처럼 있다가 저 멀리 사라지면 다시 걷기 시작했어요. 그렇게라도 불편함을 숨기고 싶었어요. 숨긴다고 변할 것은 없지만 지구 끝까지 내 불편함이 감춰지기를 바랐던 것 같아요.

또 다른 문제가 있었어요. 공부를 못한 것은 아니지만 그렇다고 부모님 기대만큼 잘하지도 못했어요. 그럼에도 부모님은 내 몸이 불편하니 의대를 가야 한다고 강요를 하셨지요.

'왜? 나에게 장애가 있으니 의대를 가야 하지?'

도통 부모님의 바람이 이해되지 않았어요. 그러나 한편으로 장애가 있는 만큼 내가 만약 의사가 된다면 그 단점이 보완되지 않을까 하는 기대로 그러신 것이 아닐까 생각했어요.

아무리 공부해도 사람마다 한계가 있어요. 나도 그러하고요. 부모님 바람만큼 성적이 오른다면 좋으련만 나의 한계로 인해 결국 대학 진학에 실패했어요. 의대 입학이라는 목표는 나에게 무리였던 것이 증명된 꼴이지요. 친구들은 거의 대학교에 진학했는데 나만 재수생으로 남았어요.

'의대만 아니면, 정말 의대만 아니었다면……'

아쉬움이 컸지만 부모님 바람을 어떻게 할 수 없었어요. 대학은 가야 하는데 공부에 대한 흥미는 점점 멀어지고, 몸도 마음도 힘들고 아팠어요. 독서실에서 24시간 있기는 했지만 공부를 한 것은 아니었어요. 한계에 다다른 나를 위로하는 것도 중요했어요.

"하면 된다."라는 말도 있지만, "아무리 해도 안 되는 것도 있다."고 나를 위로했어요. 재수에서 삼수, 삼수에서 사수, 대학의 문턱은 점점 멀어졌어요. 결국 사수만에 의대는 아니지만 비슷한 보건학과에 입학을 했지요.

친구들은 졸업생이 되었고, 나는 신입생이 된 것이지요. 이제 더 이상 지긋지긋한 수학과 국어가 아닌 새로운 공부를 시작할 수 있었어요. 그런데도 기쁘지 않았어요. 특별히 어떤 학과에 관심이 있던 것은 아니지만 막상 보건학을 공부하면서 어울리지 않는 거추장스러운 옷을 걸치고 있다는 느낌이 들었어요. 그렇게 적응을 못하고 결국 휴학을 하게 되었어요.

휴학을 하고 이것저것 해 보고 싶은 것을 했어요. 세상 공부를 하는 동안 시간이 참 빠르게 흘렀어요. 내 나이 스물일곱. 세상 공부를 하는 것도 지쳐 학교로 찾아가 교수님을 뵈었죠. 교수님은 "잘 놀았냐?"고 물으셨어요. 그 물음에 미소로 답을 하였죠.

"다시 공부할 것이냐?"는 질문에는 답해야 할 것 같아 "그래야 할 것 같다."고 말씀을 드렸어요. 그날 이후 공부를 하면서도 세상과의 소통을 놓고 싶지 않았어요. 그래서 세상 공부하는 동안 컴퓨터를 공부하겠다고 잠시 들렀던 국립재활원에서 지적장애인을 위한 자원봉사 활동을 시작했어요. 그 인연으로 졸업 무렵 국립재활원 직원분이 제게 다가오셨어요.

"김동민 선생님은 항상 차분하시면서도 밝으신 것 같아요."

"그렇게 보였나요? 고맙습니다."

"궁금해서 그런데요. 혹시 졸업하시면 사회복지사 자격증이 취득되는 건가요?"

"아뇨, 저는 보건학 전공이라서 사회복지사 자격증은 나오지 않아요."

"음…… 그래요. 아쉽네요."

"왜요?"

"응, 사회복지사 자격증이 있다면 우리 원에서 채용공고할 때 지원하실 수 있지 않을까 해서요."

"아, 네……."

그런 한 분의 작은 관심으로 대학원을 사회복지학과로 진학하게 되었지요. 그렇게 1994년 국립재활원에 별정직 사회복지사로 입사하게 되었지요. 처음 입사 후 중도에 장애를 갖게 되신 분들을 상담하며, 사회복지사로서의 역할을 점차 찾아갔어요. 그러던 어느 날 입원하고 계신 환자분이 말씀하셨어요.

"선생님은 다리가 불편한데 참 열심히 살고 계신 것 같아요."

"네?"

다리가 불편하다는 소리를 들었는데, 기분이 나쁘지 않았어요. 그 절룩거림을 지구 끝까지 숨기고 싶었던 시절도 있었는데. 그 당시에는 그랬어요. 매일 저녁 10시 또는 11시에 퇴근을 해도 지치지 않았어요. 엄청 뛰어다니기도 했고요. 행사를 하다가 예산이 부족해서 구할 수 없는 물품이 있으면 만들었어요. 나 또한 '해도 안 되는 것이 있다.'고 나를 위로하던 시절을 넘어 '하면 된다.'는 긍정의 생각을 조금씩 넓혀 가고 있던 거지요.

특히 국립재활원은 병원 쪽에 가깝다 보니 환자분들은 임상적인 것을 원하세요. 그래서 퇴원하실 때 다치기 전 또는 아프기 전의 상태로 회복되시기를 바라셨지요. 그런데 원상태로 회복되지 못하고 장애로 남는 경우가 거의 대부분이에요. 그 과정 중에 환경적으로 필요한 것과 심리적으로 필요한 부분이 해결될 수 있도록 프로그램을 만들고 진행했어요. 그 과정 중에 나도 나에 대해서 폭넓게 이해하고 수용할 수 있는 계기는 마련되었나 봐요.

그러나 사회복지사로서 전문적인 입장은 고수해야 하기에 나들이를 가더라도 환자분들은 들뜨시겠지만, 나는 버스를 타고 내리는 순간에도 재활이라는 의미를 부여하고 점검해야 하는 등 다른 시각과 역할이 주어져 있음을 잊지 않았어요.

그렇게 살아온 지 벌써 21년이네요. 그 시간 동안 일만 했을까요? 나도 사람인 걸요. 연애도 해야지요. 그랬으니 지금의 예쁜 딸과 멋진 아들이

이 세상에 태어난 것이겠지요.

그 당시 의료사회복지사가 되려면 종합병원에서 인턴 과정을 거쳐야 했어요. 그 과정을 통해 환자를 만나면서 필요한 내용, 또 그분들에게 정보 제공을 위한 재활관련 기구들에 대한 이해가 필요했어요. 그런데 인턴 과정을 거쳤음에도 이해나 정보가 제게는 부족했지요.

특히 휠체어와 관련된 내용 및 정보가 필요했어요. 만나게 되는 많은 분들은 교통사고, 산재, 낙상, 척수손상 등으로 장애가 발생하신 분들이었거든요. 그래서 휠체어를 평생 타실 수밖에 없는 상황이었어요. 잠시 휠체어를 타시는 분들과는 다른 세밀한 정보 제공이 필요했던 것이지요. 그러다 보니 휠체어 관련 영업을 하시는 분들에게 의존할 수밖에 없었어요.

딱 그 무렵이었어요. 뉴스를 통해서 국가 대표 휠체어 농구단이 국립재활원에서 합숙 훈련을 한다는 것을 본 것이죠. 농구 선수라 그런지 모두 젊은 청년들이었어요. 또 휠체어로 운동을 하다 보니 이동속도가 무척 빨랐어요. 그중에 한 명의 인상이 눈에 띄었는데, 인상이 좋지 않았어요. 그러나 별다른 의미를 두지는 않았고요. 나중에 알게 된 것이지만 그분이 농구 선수 활동이 부업이었다면, 주업은 휠체어 판매였어요. 그래서 휠체어와 관련된 다양한 질문과 답을 얻는 관계가 되었지요.

그러던 중 늦은 저녁 전화 한 통이 다급하게 걸려왔어요. 연세 많은 보
호자가 환자를 돕다가 넘어지셔서 머리를 다치셨는데 가족의 연락처를
아는 사람이 저밖에 없다는 거예요. 도움이 필요하다는 말에 제 마음이
다급해졌어요. 급히 사무실로 가야만 했어요. 그때 왜 그랬는지 모르겠
지만 택시 탈 생각은 못하고, 주위 분들에게 차량 지원을 부탁드렸어요.
모두 약속이 있거나 늦어서 안 된다고 했는데 흔쾌히 알았다고 해 주신
분, 인상이 좋지 않던 농구 선수. 그분이 지금 신랑입니다.

　그 일 이후 얼마 지나지 않았어요. 이 남자가 저에게 사귀자고 마음을
보였어요. 정말 추호도 이 남자와 사귈 생각이 없었기에 단호하게 "안 된
다."고 말했지요. 그러나 백 번 찍어 안 넘어가는 나무 없다고 저도 그 남
자에게 넘어가 사귀기 시작했어요.

　그분이 차를 가지고 있었기에 데이트는 주로 차에서 했고, 공원에서 산
책도 했어요. 나의 장애는 의식하면서도 그 사람의 장애는 눈에 들어오지
않았어요. 휠체어를 타고 있는 남자, 그 남자가 저의 사랑이었기에.

　신랑을 알게 된 지 3년 4개월, 남들에게 소문내며 사귄 지 7개월. 그 시
간 동안 무르익은 사랑의 결실을 보기 위해 결혼을 결심했지요. 짐작하
신 것처럼 우리 사랑의 시작은 순탄치 않았어요. 소아마비 장애가 있는
여자와 척수장애가 있는 남자. 사랑에 국경은 없다고 하지만 장애로 인

한 국경은 있나 봐요. 결혼을 하겠다는 소문은 일파만파 여기저기로 퍼졌어요.

친한 사람은 "너도 불편한데, 왜 너보다 더 불편한 사람과 결혼하려고 하느냐."고 반대하고, 그렇지 않은 분들은 "두 사람의 사랑에 박수를 보낸다."며 찬성의 응원을 보내 주셨지요. 왜 내가 결혼을 하는 데 이리도 관심이 많은지 부끄러울 정도였어요. 당시 원장님도 저를 부르시고는 시간을 두고 생각해 보라고 하실 정도였으니까요. 주례를 해 주시기로 하신 분도 양가 부모님이 모두 참석하지 않으시면 주례를 못해 주시겠다고 못을 박으셨어요. 주위의 찬반도 찬반이지만 아버지와 어머니를 설득하는 정말 큰 산이 남았지요.

부모님의 승낙을 받기 위해 예비 신랑과 친정을 찾았어요. 계단을 올라야만 거실에 입성할 수 있었어요. 마당에서 휠체어에 신랑은 있고, 저는 그 옆에 서 있었어요. 집으로 들어가서 인사할 수 있도록 해 달라고. 결국 보다 못한 어머니가 그래도 손님이니 모시라고 말씀하셨지요. 형부들의 도움으로 집으로 들어갔어요. 아버지는 계속 반대를 하셨어요.

"난, 자네에게 내 딸을 줄 수 없네."

"저의 장애 때문이십니까?"

아버지의 답에 신랑은 질문을 하였지요. 눈을 마주치지 않은 아버지는 그 질문에 답을 해 주셨어요.

"그것은 아니네. 자네의 직업이 문제일세. 그래도 가정을 꾸리려면 어느 정도 경제적인 능력이 필요한 거야. 듣기로 자네의 경제 능력은 부족해도 한참 부족하네. 자네도 알 것 아닌가? 내가 무슨 말을 하는지."

"아버님 앞으로 제가 열심히 살면 그 걱정은……."

"내가 재벌집 자식을 원하는 것은 아니지만 그래도 먹거리 걱정하며 살지 않기를 바래서 그러는 것이니. 이해하게."

이 말을 끝으로 아버지는 방으로 들어가셨어요. 그날의 결혼 승낙은 실패했지요. 아버지의 말도 틀린 것은 하나도 없었어요. 내가 반박할 수 있는 것이 적었어요. 어느 집이라도 반대를 했을 거예요. 장남의 장손, 직업은 휠체어 영업, 그리고 척수장애, 모아 둔 돈은 하나도 없음. 아, 괴롭지만 이대로 우리 인연이 끝나야 하나 괴로웠어요.

내가 내세울 수 있는 무기는 소아마비라는 장애가 내게도 있다는 것과 서른넷이라는 적지 않은 나이. 이것저것 따질 수 있겠냐고 설득하는 것밖에 없어요. 몇 날 며칠 끝에 반 포기 승낙. 우리는 그렇게 결혼 허락을 받게 되었지요. 그 이면에는 언니들의 도움이 컸어요. 특히 큰언니의 도움이요. 큰언니가 아들은 아니었지만 장녀로서의 노릇을 톡톡히 하고 있어서 아버지도 큰언니의 말에 크게 반박하지 않으셨어요.

이제 결혼식만 올리면 되는데, 그렇지만 정말 돈이 없었어요. 신랑은 우리 경제 상황을 감안하여 구청이나 공공시설 등의 작은 강당을 얻어 결혼식을 올리자고 했어요. 하지만 여자 마음에 그럴 수 없었어요. 그래도 태어나서 한번 입는 웨딩드레스와 결혼식은 멋진 곳에서 하고 싶었어요. 언니의 도움으로 웨딩 사진도 찍고, 예식장을 빌려 꿈꾸던 만큼은 아니지만 결혼식을 올렸지요.

집의 도움을 받는 만큼 신혼여행까지 손을 벌릴 수는 없었어요. 결혼식이 끝나고 7번 국도를 따라 신혼여행을 떠났어요. 강원도에서 부산까지, 바닷길을 따라 드라이브를 하며 좋은 곳이 있으면 숙소를 정하고 하룻밤을 보냈어요. 사랑하는 사람과 함께 있다는 것에 부족한 것 하나 없이 모두 넘치는 행복이었어요.

우리가 살 집을 구하는 것도 문제였어요. 대출 가능한 돈 300만 원, 이 돈으로는 우리 부부의 장애를 감안한 집을 구할 수는 없었어요. 15평 남짓 반지하, 그곳에 신접살림을 차렸지요. 반지하다 보니 신랑은 오르락내리락해야 하는 계단이 고역이었고, 나는 높은 턱의 화장실을 드나드는 것이 고역이었죠.

벽에는 신혼집이라 예쁘게 벽지를 했었는데 습기로 인하여 아름답지 못한 곰팡이 꽃이 한아름이었어요. 정말 사랑이 없었다면 버틸 수 없었을 거예요. 엄마에게 전화를 걸어서 몇 번이고 넋두리를 하고 싶었지만 그럴 수도 없는 노릇이었어요. 지금까지 부모님의 보살핌에 좋은 환경에서 머물 때가 복이었던 것을 알았죠. 신혼이라 행복하기는 한데 나에게 힘들다면 힘든 시기가 되었죠.

사람이 죽으라는 법은 없나 봐요. 홍수라는 행운이 발생했어요. 남들에게는 미안하지만 폭우로 인해 우리가 살던 반지하가 물에 잠겼어요. 내 직장이 국립재활원이다 보니 공무원 아파트에 입주할 수 있었는데, 살던 집에 침수가 발생하면 공무원아파트 입주할 수 있는 우선순위가 될 수 있었어요. 그렇게 아파트로 이사를 할 수 있었어요. 또 하나의 고민이 해결된 것이지요.

결혼하고 나니 이제 우리 둘만의 사랑을 넘어 아기라는 결실을 맺어야 했어요. 그런데 엄마도 아빠도 장애라는 결코 훌륭하지 않은 훈장에 대한 고민이 생기더군요. 결혼과 다른 또 다른 고민거리인 셈이었죠.

우리 둘은 서로가 장애를 갖고 있다는 것을 알면서도 사랑하고, 결혼하였지만 우리 아이들은 엄마, 아빠가 장애를 갖고 있는 것을 알고 태어나는 것은 아니잖아요. 남편은 장애에 대해 나처럼 심각하게 생각하지 않았어요.

"뭐가 문제야? 자기가? 내가?"

"그걸 몰라서 물어요. 문제를 갖고 있는 것은 아니지만 우리에게 장애가 있잖아요. 아이가 어떻게 받아들이고, 고민하게 될지 걱정된다고요."

"아니 그렇게 생각하는 것부터가 문제인 것이지. 그 생각이 없다면 문제도 없지만, 당신이 그 생각을 하는 순간 문제가 된 것이잖아. 안 그래요?"

"그렇기는 하지만 그렇게 단순한 것만은 아니잖아요."

"우리 둘이 살아도 문제는 없지만, 그래도 우리도 아기들은 낳아야 하는 것을 부정할 수도 없잖아요."

"그래서 난, 혼란스러워 묻는 거예요. 사춘기 시절 이 절룩거림이 당당함으로 오지는 않았었다구요."

"그러니까 크게 고민하지 말자고. 우리가 문제로 생각하지 않으면 더 이상 문제가 아닌 것처럼 나중에 아이에게도 당당하면 돼. 장애를 갖고 있다고 죄지은 것도 아니고, 좋다고 할 수는 없지만 나쁘다고 할 수도 없잖아."

그렇게 우리는 아이에게 당당하기로 결심했어요. 지금까지 세상에 위축되지 않은 것처럼 아이로 인해서도 그렇게 살자고. 그 결심에 힘입어 요즘 말하는 금메달의 엄마가 되었어요. 아들 하나, 딸 하나.

젊은 신혼부부, 특히 장애인 부부로서 우리의 당당함은 하늘을 찔렀고, 아이들을 갖기 전 약속했던 것처럼 위축되지 않고 생활했어요. 큰아이가 다섯 살 때였어요.

"자기야, 오늘은 내가 일찍 출근해야 되어서 자기가 어린이집에 데려다 주었으면 좋겠는데."

"내가?"

아주 잠깐 신랑은 난감한 표정을 보였어요. 왜냐하면 어린이집이 엘리베이터도 없는 건물 2층에 위치하고 있었거든요.

'내가 너무 무리한 부탁을 했나?'

그 생각을 할 무렵 신랑이 알았다며 쾌히 대답을 하더군요. 나중에 신랑이 말해 주었어요. 나의 부탁에 아주 잠깐 혼란스러웠지만, 아이에게 장애가 있어도 문제가 없다는 것을 보여 주고 싶었고, 또 어린이집에 아이의 부모 중 장애가 있는 사람도 있다는 것을 알리고 싶었다고 말입니다.

또 어느 날은 지나가는 사람에게 부탁해 휠체어까지 부탁한 적도 있었다고 해요. 그러니까 모르는 분들의 도움으로 어린이집 계단을 오른 것이지요. 그래서 아이들과 함께 놀아 준 적도 있었어요.

남편은 장애에 대해서 정말 의식하지 않는 것 같아요. 그 덕분에 아이는 가족을 그리라는 학교 숙제에 휠체어를 그리거나 아빠가 장애인이라고 당당하게 친구들에게 말을 했어요. 특히 아빠와 휠체어는 동등한, 그러니까 아이 생각으로도 아빠 신체의 일부분으로 휠체어를 받아들인 것이지요.

그런데 나는 달랐어요. 내 장애에 대해 당당하게 받아들이지 못한 만큼 아이도 그랬던 것 같아요.

초등학교 입학 후 학교에서 엄마들을 오라고 한 적이 있어요. 어렵게 회사에 휴가를 내고 학교에 갔어요. 저 멀리 아이가 교실에서 나오는 거예요. 반가운 마음에 두 팔을 벌리려고 했는데, 순간 아이가 사라진 거예요. 분명 나랑 눈을 마주쳤는데 아무리 생각해 보아도 나를 보고 숨은 것 같아요. 그리고 멀리 돌아서 내게 오더라고요.

왜 그랬냐고 물어보았어요. 그 물음에 그냥 아니라고 답하더군요. 엄마를 못 보았다고. 친구가 불러서 갔었다고. 답변들이 궁색하게 느껴졌어요. 아마 내가 수용하지 못한 장애에 대한 에너지가 아이에게도 고스란히 전달된 것 같아요. 아이는 항상 부모가 바라보는 것을 같이 바라보는 습관이 있으니까요.

'외관상으로는 나보다 아빠의 장애가 더 심한데, 정말 그러한데. 그럼에도 아빠는 늘 당당하고, 엄마는 그러하지 못하고. 그래서 아이에게 엄마의 장애는 정말 심각한, 그래서 무언가 불편한…….'

그러게요. 내가 수용하지 못한 것을 아이에게 강요할 수 없는 노릇이지요. 아이가 나를 보고 피하는 모습을 고통스럽게 느꼈는데, 그 고통도 생각해 보면 내가 만든 것이었네요. 내 뱃속에서 태어난 아이도 저러한데 누구에게 장애에 대해서 이해하라고 말씀드릴 수 있겠어요. 그래서 이해해 달라고 하지는 않아요.

또다시 고등학교 시절처럼 혼란스러웠어요. 그렇다고 그 혼란에만 집중할 수는 없잖아요. 에너지를 거기에 집중하면 또 그렇게 집중할수록 불편함도 커질 테니까요. 그냥 모른 척했어요. 그러다 보니 그 꼬맹이가 벌써 고등학생이 되었죠. 참 많은 시간이 흘렀죠. 흐른 시간만큼 아이도 더 이상 엄마의 장애에 대해서 부끄러워하거나 피하지 않아요.

그럼, 내가 나의 장애에 대해서 수용이 되었냐고요? 물론 아직도 진행형이지요. 장애가 꼭 수용되어야만 하는 것은 아닌 것 같아요. 내게는 축복이라 생각지는 않지만 나쁘다고 생각하지도 않아요. 남들이 경험할 수 없는 다른 경험들을 하는 것뿐이지요. 그렇지만 아이도 이제 성인이 되어가기에 본인 스스로 장애와 관련된 것에 정의를 내린 것 같아요.

누구나 세상을 향해 걸어가요. 나도 똑같이 걷고 있고요. 빠르게 걷는 사람과 천천히 걷는 사람처럼, 조금은 다른 모습으로 걸을 뿐이지요. 신발 밑창을 보세요. 누구는 안쪽이, 누구는 바깥쪽이 눈에 띄게 닳잖아요.

그런데 안쪽 깔창이 닳는 걸음이 옳고, 바깥쪽이 닳는 사람이 걸음이 건강하지 않다고 말할 수는 있지만 틀리다고 할 수는 없잖아요. 그냥 그렇게 생각하던가. 아님 생각하지 않던가. 그냥 그래요. 어떻게 생각하든지 내가 가진 장애가 변하지는 않을 테니까요.

정말 별거 없지요. 그래요. 그래서 처음부터 그런 거예요. 아마 제게 살아온 이야기를 물으면서 그러셨을 거예요.

'장애가 있으니까, 그러니까 뭔가 극적인 게 잊지 않겠어. 죽도록 힘들던 순간들이, 아님 그 고비를 넘어선 행복의 이야기가?'

뭐 그러지 않으셨겠어요. 근데 장애가 특별한 것이 아닌 건처럼 삶도 특별한 게 없었어요. 드라마처럼 재미있는 일도 없고, 영화처럼 눈물나게 슬픈 일도 없어요. 그렇지만 모든 삶이 자신에게는 소중한 것처럼, 내게는 참 의미 있는 시간이었죠. 인터뷰를 시작하며 정말 어떻게 살았는지 기억나는 것이 없었는데 그 시절 그 순간 소중하고, 괴롭고, 즐겁고, 아쉬운 시간들이, 내 나름의 의미 있는 시간들이 있었네요.

인생에 별게 있으면 그게 참 큰일이 아닐까요. 그래서 요즘 그런가요. 지금 내게 닥친 고통들이 너무 크다고 생각해서, 사랑하는 사람이 떠나버린 이 순간이 너무 슬퍼서. 원하는 것들이 이뤄지지 않는 이 순간에 너무 화가 치밀어서……

너무 놀라지 말아요. 다 그런 것도 별거 아니예요. 문제는 내가 그것을 문제로 인식하는 순간부터 어렵게 다가와요. 그냥 제 생각은 그래요. 이 소중한 순간을 즐기기에도 바쁜데, 무슨 슬퍼하고 분노하고 그럴 시간이 어디 있어요.

우리 남편이요? 아직도 긍정이예요. 1호 장애인 농구 선수, 그리고 장애인 농구단 감독 등, 유명세를 치르느라 텔레비전에 나오기는 하지만 그 당당한 만큼 100점 남편은 아니예요. 그래도 별 문제라고 생각하지 않아요. 100점은 아니지만 그래도 늘 노력하는 모습을 보면 100점보다 더 줘야겠다고 생각하는 날도 있으니까요.

앞으로도 어떻게 살아야 잘 사는 걸까? 이런저런 고민이 드는 것은 사실이에요. 산다는 것은 돈이 들고, 그 돈을 벌기 위해 살아야 하고. 그러다 보면 뭐하고 사는 건지 후회도 생기기는 하는데요. 그럴 때마다 '남들도 다 그렇게 살겠지.' 하고 위로해야겠지요. 이상하게도 '남들도'라는 단어에는 참 많은 위로가 담긴 것 같아요. 그래서 남들처럼 저도 살아요. 별일 없이, 그러기를 바라면서. 산다는 게 꼭 무슨 일이 생겨야만 좋은 것은 아닌 것 같아요. 다들 별일 없이 사세요. 그게 어쩜 제일 행복한 것인지 모르겠어요. 우리의 귓가를 스쳐 지나간 소슬바람처럼……

특별하지도, 평범하지도 그래서 행복한

1992년 2월 4일, 오늘이 바로 까치가 반갑게 운다는 설날이다. 텔레비전에서 보던 그 흔한 장면이 연출된다. 고향 집의 앙상한 나뭇가지 위에서 까치가 울고 있다.

"아버님, 아쉽지만 저희는 이만 올라가 볼게요."

"그려, 고생 많았다."

"고생은요, 자주 찾아뵙지 못해서 죄송할 뿐이지요."

"다, 그렇지 뭐. 가까운 것도 아니고, 홀몸도 아닌데 조심히 올라가야지."

"네, 아버님. 또 올게요."

"그려 그려."

설날 연휴를 마치고 서울로 올라가는 길. 늘 시부모님을 뵐 수 있는 것은 아니기에 며칠간의 정을 내려놓고 돌아서는 길이 쉽지 않다. 과묵하신 아버님이 서운한 듯 말씀이 많아지셨다. 어머니도 그 마음을 이것저것 음식에 담아 자동차에 실어 주셨다.

연휴 동안 며느리로서 잘해 드리고 싶었는데, 그러하지 못한 것 같아 마음이 편치 않다.

"자, 이제 출발합시다. 좀 더 있으면 고속도로가 더 막혀요."

시아주버님의 성화에 드디어 차가 출발한다. 운전은 시아주버니가 해 주시기로 하셨다. 오랜 운전의 경륜이 있으셔서 늘 편한 마음으로 함께 할 수 있다. 시아주버님의 말씀처럼 이른 아침이라 그런지 고속도로가 막히지 않았다. 며느리에게는 혹독스러운 명절이라고 하지만 난 별로 한 것도 없다. 그럼에도 자동차의 흐름에 슬슬 잠이 온다. 시아주버니께 미안한 마음이지만 잠시 눈을 부쳐 본다.

신랑과의 인연은 성당에서 시작되었다. 누구나 그러하듯 어떤 사람과 인연이 될 줄 알았을까. 그냥 같은 성당에 다니는 같은 또래의 젊은이. 그게 전부였다. 다만 인연이 되려고 그랬는지 다른 사람들보다 마주칠 때마다 한 번 더 눈길이 간 것뿐.

나는 성당에서 성가대로 활동했다. 그러다 보니 성가 연습 및 모임으로 미사가 없는 날에도 성당에 있는 날이 종종 있었다. 신랑은 청년모임에 참여하고 있었고, 우리는 서로 데면데면했다. 그렇게 친구가 되었다. 진짜 친구. 둘이서 특별히 만나거나 그럴 일은 없었다. 둘 다 성격이 조용조용한지라 누가 먼저 말을 꺼낼 수 있는 호기도 없었다. 첫 만남 이후 6개월의 시간이 흐른 어느 날 그 사람이 말을 걸어왔다.

"지환 씨, 오늘 시간 있으세요?"

"네?"

"따뜻한 차 한잔 같이했으면 해서요."

"저하구요?"

"네, 왜요? 바쁘세요?"

늘 소슬바람처럼 스치기만 했던 사람. 모임을 통해 같은 공간에서 같은 시간을 공유하던 그 사람이 내게 말을 걸어왔다. 이 한마디로 인연의 끈이 묶여졌다. 그런데 말이 연애이지 예전과 달라진 것 없이 데면데면의 연속이다. 사귀는 것은 맞지만 그냥 친구보다 반보 정도 가까운 사이. 우리의 연애는 친구들과 만날 때 그냥 같이 어울리는 정도였다. 그래서였을까? 얼마 가지 않아 우리의 인연은 끊어졌다.

다시 홀로서기의 일상이다. 아침에 일어나 밥을 먹고, 사람들과 어울리고, 생각이 더해질수록 성장하는 시간이다. 그렇게 그 사람과 인연이 아니었다고, 아닐 수도 있다고 생각했다.

"지환아, 이 사람 어때?"

"누구?"

"내가 다 너를 위해 좋은 남자 한 명 마련했다는 말이지."

"정말? 고맙다, 고마워."

"그럼, 내가 너를 생각하지 않음 누가 너를 생각하겠냐."

친구의 손에 한 장의 사진이 들려 있다. 성화에 못이기는 척 남자 친구를 소개 받았다. 약속이기에 어쩔 수 없이 사람을 만났지만 그럴수록 그 사람 생각이 났다. 인연이 아닌 줄 알면서도…….

남자들은 한번쯤 가야 하는 곳. 그 사람도 군대에 입대하였다는 소식을 들었다. 이제 성당에서도 만날 수 없다. 그 사람은 시력이 좋지 않다. 그래서 현역이 아닌 보충역으로 판정을 받아 깊은 산골에 위치한 전방에는 가지 않는다는 이야기도 들었다.

그 사람의 고향은 전남 고흥이었다. 그래서 고향인 그곳에서 군 생활을 했다고 한다. 시간이 흘러 그 사람은 제대하는 날 나를 찾아왔다. 내가 너무 보고 싶었다고, 생각이 났다고 말이다. 다시 시작할 수 있냐며 나를 찾아왔다. 그 말에 나도 그랬다고 답하고 싶었지만 그 마음을 고이 받는 것으로 대신했다.

우리의 만남을 시간으로 따지면 결혼하기까지 8년 정도. 다만 헤어졌던 시간을 따지면 정작 연애라고 생색내며 말할 수 있는 시간은 길지 않다. 내 나이 스물하고 여덟 살. 이제 인연의 끈을 확실에 묶을 때가 된 것 같다. 그해 12월 하얀 면사포를 쓰고 그 사람과 백년가약을 맺었다. 새로운 가족이 만들어졌다.

　생각하면 할수록 웃긴 일이다. 결혼하기 전에는 신랑을 평범한 사람으로 생각했다. 그냥 성실한 공무원, 그냥 믿음은 가는 사람. 그 마음으로 결혼해야겠다고 마음먹었는데, 큰 기대 안 했는데, 살아가면서 보니 그러한 마음이 큰 욕심이었고, 그 사람을 과소평가함으로 내가 우쭐되던 모습이 보였다. 우리는 늘 출렁이는 파도를 보면서 그 아래 고요한 바다는 생각하지 않는 것처럼, 그 생각이 들던 이후로 신랑을 내게는 과분한 사람으로 여기며 살았다.
　"지환 씨."
　"네."
　"아닙니다."
　"뭐가 또 아니라는 거예요?"
　"그냥, 심심해서 불러 보았어요."
　신랑의 뜬금없는 부름과 질문, 그리고 아니라는 말. 그 어쭙잖은 표현에는 사랑이라는 감정이 포함되어 있었다. 정말 누군가를 사랑한다는 것은 말로써 표현하는 것조차 아깝다 하는데 그런 상황이라고 믿고 싶었다. 아니 그랬었다.

아침이면 어김없이 열린 창틈으로 햇살이 여미고 들어왔다. 늘 같은 일상이었다. 결혼 이후에도 신랑은 늘 한결같은 콩깍지로 나를 바라보고 있다. 그러나 신랑에게서 느껴지는 그윽한 향기가 점차 싫어졌다. 결혼 전에는 그리 나쁘지 않던 향기가 이제는 냄새로 나를 자극하고 있는 것이다. 건강하려면 담배는 멀리했으면 좋겠다, 말하고 싶지만 참았다.

결혼하고 두 달쯤 지나 애교를 섞어 신랑에게 말을 건넸다.

"저기요."

"네?"

나의 부름에 신랑이 물끄러미 바라보았다. 상의 주머니에는 그러하듯 담배가 자리하고 있다. 그 부분을 손가락으로 가리키며 말을 이어 갔다.

"담배가 그렇게 맛있어요?"

"맛은 무슨, 그냥 습관이지."

"그럼, 맛도 없는 것을 돈들이고 몸 버리면서 왜 가까이해요?"

"왜, 담배 냄새가 싫어요?"

고개를 끄덕이며 말을 이어 갔다.

"그거 끊으면 먹고 싶다는 거 다 만들어 줄게요."

"정말?"

"그럼요, 맛도 보장한다니까요."

"그래! 한번 생각은 해 볼게. 담배를 끊는다는 것이 말처럼 쉬운 것은 아니라서……."

신랑은 말꼬리를 슬그머니 내려놓았다. 나도 더 이상 보채고 싶지는 않아 알았다고 답했다. 그럼에도 내심 끊었으면 좋겠다는 의중은 눈빛으로 피력했다. 지난 10년간 함께했다고 하는데, 귀동냥으로도 담배를 끊는 것이 쉬운 것은 아니라는 것도 알고 있으니 말이다.

얼마 지나지 않아 신랑의 상의 주머니에서 담배를 볼 수 없었다. 비염으로 고생을 하고 있었는데 의사 선생님 권유 때문에 끊었다고 한다. 내 말엔 꿈쩍도 안 하더니 의사 선생님 말씀은 듣냐며 서운함을 드러냈지만, 속으로는 감사한 마음이 가득이다. 늘 행복한 오늘이었다. 아니 행복을 만들 수 있는 기쁜 시간이었다.

만남, 결혼, 그리고 새 생명. 많은 축하 속에서 아기를 갖게 되었다. 이제 엄마가 된다고 생각하니, 사랑하는 사람과 나를 닮은 사람이 생긴다는 것이, 모든 것이 신기하고 감사할 따름이었다. 그 기쁨도 잠시 얼마 지나지 않아 인연이 아니라며 첫 아기는 자연 유산되었다. 그 짧은 이별을 뒤로하고 또다시 새 생명이 내 안에서 자라고 있었다.

'이번에는 조심해야지. 정말 이번에는 너를 소중하게 지켜 줘야지.'

모든 일상생활에 늘 조심에 조심, 또 조심한다. 예쁜 마음을 가진 사람으로 아기가 성장하기 바라며 책도 읽고, 붓글씨도 배우고, 홈패션도 배우러 다닌다. 이건 집착이 아니라 엄마로서 갖는 애착이었다.

얼마나 잠이 들었을까? 눈을 떠보니 전남 고흥을 출발한 자동차가 전주를 지나고 있다. 명절임에도 고속도로가 막히지 않아서 다행이다. 시아버지께서 서운함 감추고 일찍 출발하라고 말씀하셨던 마음을 알 수 있을 것 같다.

그것도 잠시 대전에 가까워질수록 차가 점점 늘어나고 있다. 드디어 설 귀경 차량의 전쟁, 앞으로 길게 늘어선 자동차가 보인다. 막히는 도로이지만 그래도 오늘 안으로 집에 도착할 수 있겠지 생각해 본다. 그 찰나였다.

"쾅!"

충격음이 귀를 때린다. 원하지 않는 데도 몸이 이리저리 뒤척인다. 순간 앞좌석 의자에 머리를 부딪친다. 순식간이다, 짧다고 느껴지는 1초의 찰나, 그 찰나가 나뉘고 나뉘어 순간순간이 초고속 카메라에 담기듯 이리저리 모든 상황이 보인다.

'어, 이러면 안 되는데. 정말 안 되는데, 왜 이러지. 이러다 죽는 거 아니야? 안 돼, 살아야 하는데!'

우리 뒤를 따르던 고속버스가 정체된 것을 인지하지 못하고 추돌한 것이다. 4중 추돌. 브레이크를 밟지도 않은 버스의 묵직함이 빈약한 자가용들을 힘으로 밀어붙이다 보니 멀쩡한 차가 없다. 자동차라는 것은 바퀴가 있음으로 짐작할 뿐 자동차의 형태는 온데간데없다. 자동차가 심하게 찌그러져 열고 나와야 할 문이 제 구실을 하지 못한다. 사람들의 도움 특히 기계적인 도움 없이는 이 틈을 빠져나간다는 것은 불가능해 보인다.

사람들이 주위로 몰려든다. 본인들에게 발생하지 않았다는 안도의 한숨과 더불어 사고자에 대한 안타까운 마음으로 몰려든다. 모여든 사람들이 어떻게든 해 보려고 하지만 쉽지 않다. 시아주버님과 신랑이 흘리는 붉은 핏자국이 보인다. 나도 이들을 도울 방법은 없어 보인다.

앞자리 좌석의 사람들과 다르게 나는 상처가 없다. 피도 흘리지 않는다. 내가 제일 멀쩡해 보인다. 누군가 다가와 창문을 깨고 나를 꺼내 준다. 그들을 바라본다. 그렇게 바라만 본다. 하나 둘 모여든 사람들의 도움으로 갇힌 고통에서 해방된다.

'어… 어… 세상이 흐릿해진다. 내가 제일 멀쩡한데. 아가는 어떻게 되는 거지. 제발 무사해야 하는데……'

뱃속의 아기 생각이 엄습해 온다. 그럼에도 내 힘으로 어쩔 수 없다. 다시 잠이 든다. 아니 의식을 잃는다. 세상이 점점 멀어져 간다.

요란한 소리를 내며 응급 차량이 병원으로 향한다. 현재의 나를 보고, 느끼고, 생각하지만 움직일 수 없다. 감각이 없다. 병원에 도착하였다. 응급실의 의사들이 분주하게 움직인다. 나는 그들을 물끄러미 바라볼 뿐이다. 이게 내가 할 수 있는 전부이다.

"엑스레이 결과 손상된 골격은 없는 것 같습니다."

젊은 의사가 상사인 듯한 분에게 보고를 한다.

"그래, 외상도 없고 뼈에도 손상이 없다는 말이지……"

"네, 신경 쪽 검사가 필요할 것 같은데요."

심각한 표정으로 내 상태에 대한 의견을 교환한다. 다시 검사가 이어진다. 그러나 지금도 내가 할 수 있는 것은 이 상황을 지켜보는 것뿐이다. 연애와 결혼, 그리고 임신. 지나온 날의 행복했던 순간들이 주마등처럼 스쳐 간다.

검사가 끝나 갈 무렵 의사 선생님들은 새로운 고민거리가 생긴 듯 다시 심각한 표정으로 다가온다.

"김지환 씨, 지금 임신 중이시네요."

"네, 임신 육 개월이예요."

아기가 잘못된 것일까? 불안한 마음이 밀물처럼 나를 덮친다.

"아기가 잘못된 것인가요?"

"아니요, 아기에게 문제가 있는 것은 아닙니다만……."

의사 선생님의 말꼬리가 힘없이 내려갔다.

"그럼, 뭐가 문제인데요?"

"지금 지환 씨는 응급수술이 필요할 것 같습니다. 검사 결과 경추가 손상되었거든요. 그래서……."

이후로도 아기와 관련된 질문이 이어졌다. 의사 선생님이 말로 다 표현하지는 않았지만 속내는 나를 위해 아기를 포기해야만 한다는 말을 하고 싶었던 것이다. 그 말뜻을 이해하고 두 손으로 가슴을 치고 싶었지만 그것도 생각에 머물 뿐이다. 나는 몸을 움직일 수 없다. 이 고통도 참을 수 있는 이유는 아기 때문이다. 그런데 그 희망의 줄을 놓으라는 것은 더 이상 내가 버틸 수 있는 이유를 잃는 것이기에 강하게 반대할 수밖에 없었다.

"안 돼요, 정말 안 돼요. 나는 괜찮아요. 내가 다친 것은 사실이잖아요. 아기는 괜찮다면서요. 건강하게 있는 아기를…… 나를 위해 그럴 수는 없는 노릇이잖아요. 엉엉엉."

명확한 나의 대답에 체념한 듯 의료진이 멀어진다. 잠시 후 다른 의료진이 다가온다. 또다시 세상이 점점 멀어진다. 얼마나 지났을까 의식을 찾은 후 내 머리에 무언가 묵직한 게 달려 있음이 느껴진다. 사고 후 지금까지 움직일 수 없었지만 무엇인가 나를 결박하고 있다고 생각하니 더욱 조바심이 난다.

'잘한 거야, 그럼 잘한 거지. 우리 아기를 위해 나는 최선의 선택을 한 것이야. 그럼, 그렇고 말구……'

아기를 낳겠다는 마음에는 변함은 없지만 아기 상태에 대한 걱정이 몰려온다. 그리고 이 사고의 원인이었던 버스의 기사가 미워진다.

'아니지, 아니야. 처음부터 사고가 나면 안 되는 거였어. 그리고 아이가 괜찮다는 말은 들었지만 눈으로 확인한 것은 아니잖아. 정말 괜찮겠지, 다치지 않았겠지. 그래야만 해, 우리 아기는 건강해야만 해.'

이런저런 생각으로 하루가 지나갔다. 날이 밝고 가족들과 합의 후 다시 연고지가 없는 대전에서 서울로 이동하기 위해 응급차에 올랐다. 아니 타인의 힘을 빌린 것이니 실린 것이 명확한 표현이다. 연휴 마지막 날의 고속도로는 어제보다 더 심한 정체를 보이고 있다.

"삐요, 삐요, 삐요."

응급차의 사이렌이 아무리 울어도 앞으로 나아갈 수 없다. 가도 가도 그 자리이다. 정작 가는 것은 시간이다. 설상가상 응급차의 열풍기는 고장나 있다. 담요를 덮기는 했지만 2월의 차가운 공기가 그 조그만 틈을 비집고 들어왔다. 그렇게 두 시간이면 닿을 거리를 아홉 시간에 걸쳐 서울의 병원에 도착했다.

　막히는 고속도로, 고장난 응급차의 열풍기, 2월의 차가운 날씨로 인해 나는 폐렴까지 걸리고 말았다. 머리에는 추를, 입에는 산소호흡기를 훈장처럼 달게 되었다.

　서울에 도착해서 또다시 감각에 대한 비슷한 테스트와 질문이 반복된다. 바뀐 것은 장소와 묻는 의료진뿐이다. 대답하는 나도, 그 대답도 동일하다. 몸도 마음도 바뀐 것은 없다.

　"아기는 어떻게 하실 거지요?"

　"당연한 질문을…… 나의 아기에게 세상의 빛을 보여 줄 거예요."

　"지환 씨, 그 마음은 이해하지만 지금 상황을 보면 수술이 급한 것 같습니다."

　"수술을 하면은 아기는 어떻게 되나요??"

　"……."

　"모든 생명은 같은 거 아닌가요? 나도 중요하지만 뱃속 아기의 생명도 중요한 거 아니냐구요."

나도 알고 있다. 모든 것이 그러한 것은 아니지만 양면성을 가진 세상. 그 양면성은 늘 함께하면서도 만날 수 없는 평행선을 그린다. 오르막과 내리막, 행복과 불행, 삶과 죽음, 사랑과 이별 등 늘 삶은 어느 쪽이든 선택하기를 강요한다. 그 선택의 기로에서 나는 아기를 선택했다. 수술을 한다고 마술처럼 내가 일어설 수 있는 것이 보장되는 것도 아니다. 아니 보장된다고 해도 나는 그럴 수 없다. 그 말을 끝으로 더 이상 수술을 진행할 수 없다는 회신이 돌아왔다. 이제 더 이상 같은 질문에 같은 대답을 하지 않아도 된다.

결혼을 한 지 1년 3개월, 임신 6개월, 사고발생 2일. 경추 5번, 6번, 7번의 손상. 지금 나와 관련된 숫자들. 그 안에서 나는 희망을 맛보고자 제일 소중한 아라비아 숫자 1을 생각한다. 내 안에서 자라고 있는 세상에 하나밖에 없는 소중한 너. 그 희망으로 오늘을 보낸다.

사고가 나고 두 달 동안은 하루하루가 지옥이었다. 머리에 달린 무거운 추 때문에 도망을 가고 싶어도 어찌할 수 없다. 그 마음을 아는 듯 간병인은 조금이라도 변화를 주고 싶은 듯 돌려 눕고, 바로 눕고, 반대편으로 돌려 보고 이리저리 나를 움직인다. 그럼에도 나의 자리는 늘 돌고 돌아 그 자리이다. 이보다 더 괴로운 것은 예약도 없이 찾아오는 통증이다. 어떻게 달래야 할지 모르겠다. 좋은 곳을 보자고 생각한다. 이 고통도 살아 있음으로 느낄 수 있는 것이라며 감사의 마음을 실어 본다.

'그래 얼마나 고마운 일인가. 나는 다행이도 욕창이 생기지 않아 그에 대한 고통은 모른다. 이 또한 축복이다.'

딱! 그 즈음이다. 사고가 발생한 지 두 달. 그 지옥 같은 날에 간병인이 무언가 이상하다며 간호사를 데려온다.

"선생님, 소변줄에 다른 것이 보여요."

"네? 아직은 아닌데……."

아기는 엄마 뱃속에서 열 달을 꽉 채우는 것이 좋다고 하는데, 요놈은 세상이 그렇게도 궁금한가 보다.

"이거 양수인 거 같아요. 잘 봐주신 것 같네요."

간호사가 소변줄을 확인하고는 간병인에게 답한다. 당사자인 나도 그 사실을 알고 싶은데 말이다.

"그죠, 그렇죠. 뭔가 이상하더라니까요."

간병인은 새로운 대륙을 발견한 양 의기양양하게 자신의 노릇을 톡톡히 했다는 말투다. 그것도 사실이다. 이 상황을 날카롭게 바라보지 않았다면 알아줄 수 있는 사람은 그 누구도 없다.

밤 11시 15분. 급하게 출산 준비로 바빠진다. 당연히 자연분만은 불가능하다. 상황이 상황이다 보니 신경외과와 산부인과 선생님 두 분이 제왕절개 수술을 집도하신다. 그렇게 임신한 지 여덟 달 만에 아기는 세상으로 나왔다.

어떻게 생겼을까 궁금하다. 상상 속에서 그리던 아기. 그 아기가 정말 내 앞에 있다. 신기하게도 나와 신랑을 반반 닮았다.

그 오랜 시간을 기다렸는데, 고통을 참으면서도 이 순간을 기다렸는데. 그 마음을 모르는 듯 아기와의 만남이 짧다. 아기가 나를 떠나 세상에 나온 후 딱 두 번 볼 수 있었다. 태어난 지 3일이 지난 오늘, 그리고 시어머니 손에서 자라기 위해 떠나기 전인 보름 후, 그것도 중환자실에 있을 수밖에 없는 것을 이해한 병원의 배려였다. 아기를 출산하고 잠시 나의 상황을 잊은 것이다.

시골로 가는 아기를 바라보며 건강하게 자라 주기를 기도한다. 이제부터 정말로, 이제부터 온전히 나를 위해 노력해야겠다. 다시 예전처럼 건강한 모습으로 돌아가리라 마음먹는다. 그러나 그 깊은 아래에는 아기를 위한 마음이다.

이제야 3개월 동안 미루었던 수술을 할 수 있다. 어긋나 있던 뼈의 상태를 확인하기 위해 엑스레이를 찍는다. 그런데 기적이 발생했다. 신기하게도 탈구되어 있던 경추가 맞추어져 있어 수술이 필요 없다고 한다. 기쁘다. 다만 그 무거운 추를 한 달을 더해 달고 있어야 한다. 수술은 하지 않아도 된다. 그렇지만 여전히 감각은 없다. 기쁨도 잠시였다.

"저, 이제 못 걷는 거지요?"

추를 제거하기 전날 신랑에게 물었다.

"아니, 요즘은 의료기술이 좋아져서 걸을 수 있어."

"정말요?"

"그럼, 요즘 의료기술이 얼마나 좋은데. 그런 걱정하지 말고 열심히 재활 운동을 할 생각이나 하세요."

"호호호, 정말 몰랐는데. 걷는다는 게 그렇게 기쁜 건지 이제는 알 것 같아요. 정말 열심히 할 거예요. 걷는 연습."

"네, 꼭 그러세요. 우리 아기 걸음마 연습할 때 당신도 함께 걷는 연습할 수 있도록."

"그럼요, 꼭 그래야지요. 우리 아기랑 공원도 가고, 쇼핑도 가고, 정말 가고 싶은 곳이 얼마나 많은데."

신랑의 말에 힘을 얻었다. 재활 치료를 참 열심히 받았다. 좋아진다고 하는데, 마다할 수 없는 노릇 아닌가. 그 덕분인지 체력은 점점 좋아지고 있음을 느낄 수 있다. 예전의 모습으로 점점 자리를 찾아가는 체력만큼, 잃어버린 신경도 빨리 돌아와야 하는데 도통 돌아올 생각을 하지 않는다. 하루라도 빨리 예전 모습을 찾기 위해 재활 치료를 잘한다는 병원으로 옮겼다. 신랑이 말했었던 그날, 신랑과 약속했던 그날, 아기가 걸음마 하는 그날 같이 세상을 걷기 위해서 재활 치료의 시간이 늘 부족하다.

"선생님, 저 정말 열심히 하고 있지요?"

"그러게요, 다른 분들하고 다르게 재활 치료 시간을 기다리시는 것 같아요."

"그럼요, 선생님도 그런 에너지가 느껴지시죠?"

"분명하게 느껴요. 지환 씨의 경우 힘들어하는 것보다 치료를 즐기고 계신 것 같아서 보기 좋아요. 또 상태도 하루하루 다르게 많이 달라지고 계시구요."

"우리 아기도 이제 두 팔로 땅을 딛는 연습을 한데요. 마음이 조급하거든요?"

"왜요?"

아기가 걷기 시작할 무렵 나도 나들이 갈 수 있도록 걷겠다는 남편과의 약속을 모르는 의사 선생님은 의아한 표정을 지으셨다. 그 의아함에 반문하듯 나는 소망이 담긴 메시지를 싱글벙글 미소에 담아 보냈다.

"저, 언제라고 확정할 수 없지만 이러다 걸을 수 있겠지요?"

신이 나 있는 목소리에 의사 선생님은 생선을 먹다 목에 가시가 걸린 사람 같은 표정을 지었다.

"저⋯⋯."

"왜요? 왜요, 선생님."

딱딱하게 굳어진 표정으로 의사 선생님은 나지막하게 읊조렸다.

"지환 씨."

"네, 선생님. 제가 너무 앞서가서 그러시는 거예요?"

"아니요, 그런 것은 아니구요."

의사 선생님은 말을 해야 할지 말지 고민하는 듯하다. 그리고 결국 말해 주어야겠다는 단호한 표정으로 다시 입을 열었다.

"이런 말을 하게 되어 미안하지만 거기까지입니다. 거기까지가 지환 씨의 한계입니다."

"네? 거기까지라니요?"

"지금 노력하고 계신 모습도 최상의 상태일 수 있다는 말입니다. 희망을 갖는 것도 좋지만 너무 큰 희망은 지환 씨에게 오히려 도움이 되지 않을 것 같네요."

헉, 숨이 막힌다. 모르고 있던 것은 아니다. 신랑의 말에 희망을 건 것은 사실이지만 주변 사람들이 수군수군하는 소리를 들었기에 반신반의했다. 그래도 희망은 꿈꾸는 자의 몫이니 기적이 일어나지 않을까 희망을 걸고 노력했다. 그 노력이 의사 선생님 말씀을 듣는 부서진 파도처럼 산산조각이 났다.

'그래, 이제 더 이상 걸을 수 없는 거였어. 그래, 걸을 수 없는 거야.'

걸을 수 없다는 생각에 소리없는 눈물이 주르륵 흐른다.

그날 이후 지금까지 나만 모르고 있던 사실들을 알아 갔다. 사고가 나던 순간부터 주어진 운명. 그럼에도 나만 모르고 있는 나의 상태. 신경 손상으로 사지가 마비되어 침대에서 일어날 수 없다는 진단. 그 말에 큰 오빠는 신랑에게 담담한 표정으로 "이제 다른 사람 만나야지." 하고 말을 했던 시간들. 친오빠 입에서 그런 말이 나오는 상황이니 남들은 어떻게 나를 보았을까? 이제는 의식하지 않을 수 없다. 또 사람들이 그렇게 말하는 소리를 직접 듣기도 했다.

'좋은 인연으로 결혼을 하였지만 그때와 상황이 달라졌기에 이별을 준비해야 하는구나! 그래야만 하는구나!'

내가 나를 이해시켜야 하는데 도대체 이해가 되지 않는다. 결혼 전과 머리 모양도, 부르는 호칭도, 그리고 두 사람의 역할도 변했는데, 원치 않는 사고로 인해 장애를 갖게 되었다고 헤어져야 한다니. 모든 것은 변해도 되지만 변하지 말아야 할 것이 두 가지 있다면 하나는 마음이고, 또 하나는 몸의 상태인가 보다.

이 상황이 이해되지 않는 사람이 나뿐만이 아니다. 신랑 또한 오빠의 말에 세상의 시선에 부담은 있지만 수용할 수 없는 표정과 행동으로 늘 곁에 있겠다는 모습이다. 두 사람의 마음이 생각이 다르지 않았지만 그럼에도 그날 이후 싸움이 잦아들었다.

"떠나라구요."

"뭘 떠나? 지금까지 잘 있더니 왜 그러는데?"

"가라구요."

"어디를 가야 하는데."

"당신이 가고 싶은 곳, 어디든. 당신이 곁에 있으니까 내가 더 비굴하잖아요."

"뭐가 비굴한데. 왜, 비굴하냐구."

"사람들이 뭐라고 하는 줄 알아요. 걷지도 못하는 여자가 젊은 남자 인생 망치고 있다는데 그런 소리를 듣는 게 당신은 좋아요?"

"사람들이 말하는 것도 눈빛도 의식하지 않으면 되잖아. 당신이 그 사람들과 사는 것도 아닌데 왜 그러냐고?"

"사람들이 말하는 게 틀린 것도 아닌 것 같단 말이야. 제발 나를 이제 놓아 줘. 제발."

"싫어. 나는 지금 당신 곁에 있고, 앞으로도 계속 있을 거야."

"당신은 젊잖아, 좀 더 건강하고 예쁜 여자 만나라고. 건강한 여자를 말이야."

"됐어, 됐다고. 당신하고 결혼했는데 왜 다른 여자를 만나야 하는데. 난 됐다고."

"당신은 나를 사랑하는 게 아니야. 동정하는 거라고. 왜 나를 더 비참하게 만들어. 흑흑흑."

더 이상 대화가 통하지 않는다고 생각한 신랑은 문을 박차고 거실로 나가 버렸다. 그리고 한동안 싸우지 않겠다는 듯 내 곁에 오지 않았다. 그날 이후 어떻게 하면 자연스럽게 죽음을 맞이할까 고민했다. 다만 그 죽음이 신랑에게 슬픔을 주지 않기를 희망했다. 그러나 그것은 생각일 뿐이다. 손에 힘이 없다. 팔 또한 의지대로 움직이지 않는다. 아무 것도 할 수 있는 것은 없다. 그럼에도 자꾸 나쁜 생각만 든다. 아니 한다. 어떻게 생각하면 말이 되고, 어떻게 생각하면 하나도 말이 안 된다. 이런저런 생각으로 시간이 흐른다. 흐르는 시간 동안 재활 치료는 계속

되었다.

　병원에서 퇴원 후 집에서도 재활 치료를 멈추지 않았다. 다시 걸을 수는 없지만 운동을 하는 만큼 조금씩의 변화는 있다. 아니 나빠지는 것은 예방할 수 있다. 재활 기구를 구매해 서 있는 운동, 휠체어를 타고 집 안을 오가는 운동 등 세상과 소통하고자 노력을 기울인다. 완벽하지는 않지만 원하는 만큼도 아니지만 그래도 처음보다는 정말 많이 좋아졌다. 고마운 일이다.

　사고가 난 지 4년이 흘렀다. 그 시간 동안 아쉬운 것은 늘 아기와의 만남이다. 일 년에 한두 번밖에 볼 수 없는 아기. 몸이 불편하니 그 먼 거리를 갈 수도 없다. 늘 시부모님이 큰 마음먹고 올라오시기를 기다릴 뿐. 나의 간절함을 시부모님께 말씀드리는 것도 한계가 있다. 아기가 오는 날마다 나를 돌봐 주시는 간병인이 아기가 순하다며 이뻐했다. 그렇게 시부모님이 우리 아기인 지연이를 데리고 온 날이었다.

　"지환 씨, 아기는 참 순한 것 같아."

　"그래요?"

　"그럼요. 잘 울지도 않고, 반찬 투정도 없고, 뭐 밖에 내놓고 자랑하려면 한두 가지가 아닐 것 같은데."

"그런가요. 저도 우리 지연이가 잘 울지도 않고 저를 잘 이해해 주는 것 같아서 고마워하고는 있어요."

"그래그래. 이제 엄마랑 같이 살아야 되지 않을까?"

뜬금없는 질문에 우리 지연이와 있는 모습을 상상한다. 늘 아쉬운 나의 반쪽. 그런데 내가 잘 돌봐줄 수 있을까? 기쁜 마음과 걱정이 뒤섞인다. 나도 지금 간병인이 돌봐 줘서 일상생활이 가능한데.

"그럼, 더없이 좋겠지만 아직 제 몸이 좀 그래서요."

"괜찮아, 내가 있잖아. 내가 좀 거들어 주면 되지 않을까? 시부모님에게 이제 아기는 직접 키우겠다고 말씀드려."

"그래도 될까요? 정말? 그럴 수 있을까요?"

이런저런 혼란한 마음이 들었지만 우리 지연이와 같이 살아가는 모습을 생각하니 더없이 기뻤다. 그 순간만큼은 내가 불편한 몸을 가지고 있다는 것도 잊었다. 그날 밤 퇴근하고 돌아온 신랑에게 내 생각을 들려줬다. 신랑도 흔쾌히 동의했다. 간병인의 그 말 한마디에 용기를 얻어 시어머니께 말씀을 드렸다.

"어머니, 우리 지연이 이제 제가 키우고 싶어요."

그 말에 어머니는 그냥 고개를 끄덕이셨다. 어미가 자기 자식 키우고 싶다는데 어떻게 말릴 수 있을까. 어머니는 '암, 그래야지. 그래야만 혀.'

하시는 듯 눈빛으로 답을 해 주셨다. 그렇게 급하게 지연이와 같이 살기로 정해졌다.

며칠 후 어머니는 시골로 내려가실 채비를 하셨다. 그리고 아주 얕은 소리로 눈물을 훔치셨다. 지난 시간 참으로 많은 정이 들었을 터인데, 그 키운 정을 놓고 가려니 서운하셨던 것 같다. 그래도 그 모습 보이지 않으시려 등을 보이고, 훌쩍이시며 지연이와의 이별을 준비하셨다. 그 모습에 죄송한 마음이 들었으나 이제 나의 딸과 함께할 수 있음에 그 미안함 마음을 잠시 덮어 두기로 했다.

시부모님이 시골로 내려가신 후 본격적으로 딸과의 삶이 시작되었다. 그런데 이상하게도 시부모님이 계실 때에는 그렇게 밝던 지연이가 조금은 우울해 보인다. 아침에 눈을 뜨면 방 한 켠에서 눈치를 보며 쭈뼛쭈뼛한다. 아마도 그 4년이라는 시간 동안 지연이게는 시부모님이 엄마, 아빠가 된 것이다. 그 빈자리를 이제부터 내가 채워 줄게 하며 아이의 등을 다독인다.

지연이는 전라도 사투리를 구수하게 한다. 어린 꼬마 숙녀의 입에서 나오는 사투리. 그런 모습이 반복되는 일상은 지금까지 생각하지 못했던 또 다른 행복을 던져 준다. '아 행복해.' 하면서도 걱정이다. 예전에 그렇게 죽고 싶던 마음이 이제는 오래 살고 싶다고 한다.

사고 이후 건강을 회복하기란 어려웠다. 신경이 없으니 움직임이 부족하고, 운동이 부족하다 보니 점점 더 몸은 야위어 갔다. 지금의 나를 보면 지연이가 스무 살이 되기도 전에 하늘나라로 갈 것만 같다. 오래 살고 싶은데…….

늘 이런저런 고민이 뒤를 따른다. 나 때문에, 나의 불편한 몸 때문에 사랑하는 딸에게 남들로부터 상처를 받게 하지 않을까 걱정이다. 그 걱정에 지금까지 입학식에 졸업식에 단 한 번도 가 본 적이 없다. 그런 미안한 마음을 가진 나에게 딸은 별스럽지 않게 답한다.

"엄마, 뭐가 문제야?"

"아니, 그냥…….'

사랑하는 지연이와 함께 같은 집에서 산 지 20년. 그 시간 동안 작으면 작고, 크면 큰 많은 사건과 고민이 있었다. 세월의 흔적만큼 그 작고 귀엽던 아기가 스물하고도 네 살의 숙녀가 되었다. 지연이의 "뭐가 문제야?"라는 그 말에 계란 껍질처럼 이미 깨어졌어도 아프지 않았을 편견이 보였다.

나는 하체에 감각이 없다. 그럼에도 무릎 아래와 발가락에는 동상에 걸린 듯 아릿한 통증이 있다. 특히 비가 오기 전 일기예보를 하듯 통증이

심해진다. 이 느낌이 처음에는 죽을 듯 괴로웠으나 가족들에게 우산을 챙기라고 말할 수 있어서 좋다. 누구는 이 고통을 진통제로 이기는 경우도 있다고 한다. 나는 진통제를 먹지 않는다.

예전에는 사람들이 좋다고 하면 이유없이 따라하며 좋아했는데, 이제는 내가 정말 좋아하는지 묻곤 한다. 돌아본다. 꼼꼼하게 생각해 본다. 한번 더 들여다볼 수 있는 여유를 갖는다.

이렇듯 오십의 나이가 되어 보니 예전에 생각하지 못했던 것들이 보인다. 감사함은 새로운 것이 아니라 있는 것을 발견하는 것이다. 늘 곁에 있어서 모르고 살아온 것뿐이었다.

모든 게 감사하다. 먹는 게 감사하고, 이렇게 살아 있는 것도 감사하다. 모든 일상이 감사하다. 무엇이 감사해서가 아니라 지금 이 모든 존재와 순간이 감사하다. 이런 나와 함께 살아 준 남편이 있어 감사하고, 그런 남편 곁에 내가 있음에 그 사람 또한 감사한 일이다.

사랑한다는 것은 늘 예쁜 미소로 마주할 수 있는 것만은 아니다. 그렇게 삶이란 좋은 일만 가득한 것이 아니다. 내게 장애라는 시련을 안겨 준 그 순간을 좋아할 수는 없지만 미워할 수도 없는 노릇이다. 괴로움과 슬픔, 이 시련에서 도망가고자 죽음을 꿈꾸던 어리석은 나도 있었지만 그 순간을 넘어 지금 이렇게 당당하게 서 있는 나도 있다. 사랑하기에 미워할 수 있는 마음도 있다. 외면할 수 없다면 받아들이는 것도 나쁘지 않다.

매일 아침 거울 속의 나에게 말을 걸어 본다.

"지금 이 순간을 사랑하자. 모든 상황을 부정이 아닌 긍정의 눈으로 바라보자. 그만큼 세상은 나에게 행복을 선물해 주겠지."

그래, 나는 참 행복한 사람이다. 이 행복을 느끼기 위해 지난 시간 그 고통의 과정이 있었나 보다. 돌아가지 않고 고비를 넘어온 내가 고맙다. 참 고맙다.

고통도 참 소중한 선물인 것을

누구나 소중한 것 하나씩은 있다. 소중한 것이 물건이든 기억이든 또는 자신의 신념이든 중요하지 않다. 하다못해 모든 물질을 버리고 속세와 등지고 산속에서 칩거하는 도사도 세상의 이치를 깨닫겠다는 삶의 철학만큼은 소중히 여긴다. 그러게 말이다. 소중하게 여기는 그것을 지키겠다는 마음이 어쩜 더 소중한 것인지도 모르겠다. 그릇된 사고와 시각이 함께하는 것만 아니라면⋯⋯.

거리를 걷다 보면 소중하다고 여겨지는 세상의 모든 것이 스쳐 간다. 세상에 그 무엇이 중요하지 않겠는가. 그 거리에는 인생사라 불리는 사람들의 웃음과 눈물의 과정도, 치렁치렁 자신의 값어치를 쇼윈도 안에서 뽐내는 물건도 있다.

그럼에도 요즘 텔레비전 뉴스에는 사람의 이야기보다 온통 소중한 물질에 대한 이야기로 99.9%가 채워져 있다. 하다못해 제주도로 수학여행을 떠났던 수많은 학생이 목숨을 달리하였음에도 그 목숨보다 보상금이 어떠니 저쩌니 하면서, 이제 그만하자고 하는 사람도 있다. 아직도 그 어두운 바다 아래에는 소중한 생명을 간직했던 사람들이 남아 있는 데도 말이다.

그러게 말이다. 소중한 것은 비싸다고 한다. 비싼 것은 희소성이라는 가치가 있어 그렇다고 한다. 목숨도 하나이다. 그만큼 희소성이 높은데, 사람의 숫자가 많다고 생각해서 그런 것일까? 아님 그 숫자 속에 자신은 포함되지 않았기에 부리는 객기일까? 참 아이러니하다.

나도 그들과 다르다고 우길 수는 없는 노릇이다. 내 마음 한 곳에도 저 빌딩을, 은행에 예치된 수많은 현금을, 장롱 깊숙이 숨겨 놓은 값비싼 패물을 부러워하지 않았을까. 그렇지만 정말 간혹이지만 뉴스 말미 자신의 수고를 덜어 어려운 이웃을 돕는 사람 냄새 가득한 소식에 눈물을 찍는다. 가뭄에 콩 나듯 한 그 소중함, 그 0.1%의 가능성. 우리는 그 가능성에 희망을 기대하는지 모른다. 돈보다는 생명이라는 것을…….

지금 생각해 보면 참 부족한 것이 많던 시절이었다. 어쩜 그 부족함이 넉넉함의 여유까지 부리던 시절. 경상북도 봉화군, 호랑이가 나온다고 해도 믿을 만한 깊은 산골. 강원도와 접한 그곳에서 태어났다.

'도시'는 사회적인 의미인 도(都)와 경제적인 의미인 시(市), 이 두 가지 의미를 가지고 있고, 산골은 깊은 산속의 구석지고 으슥한 곳이라고 백과사전에 나와 있다. 그렇게 깊고 으슥한 곳, 전기도 상하수도도 기대할 수 없는 깡촌. 그곳에서 내가 태어나고 자랐다.

지금은 옆집이 코앞에 붙어 있어 사생활이 침해받을 정도로 답답하지만 그 시절은 옆집을 가기 위해 20분 정도를 걸어야 했으니 늘 사람 향기가 그리웠다. 모든 게 20분 거리였다. 그나마 우리 집은 학교와 가까워서 20분이지 조금이라도 더 먼 아이들은 그 거리만큼 시간과 걷기라는 노동의 수고가 있어야 했다.

집과 집이 멀다 보니 친구들과 마음껏 놀 수 없었다. 우리 집은 다행히도 5남매. 오빠 둘에 여동생, 그리고 막내 남동생까지. 독수리 5형제는 아니어도 그 깊은 산골을 들썩거리기에는 충분했다.

사실 학교라고 친구들이 넉넉하지 않았다. 분교다 보니 같이 졸업한 친구가 6명. 도시에 비하면 턱없이 적은 인원이지만 친구 이름 잊을 일은 없으니 그것 또한 복이었다. 모든 것은 생각하기 나름이었다.

내가 가진 최고의 재산은 툇마루에서 바라보는 풍경이었다. 산 중턱에 집이 있다 보니 날씨가 좋은 날은 먼 곳까지 볼 수 있었다. 거기에 덤으로 계절별로 아름다운 풍경화를 굳이 미술관까지 가서 관람할 이유가 없었다.

예전에 없는 사람은 값이 싼 비탈진 산에 살고, 가진 사람은 걷기 편하고 생활하기 좋은 평야에서 살았다. 그러나 지금은 어떠한가. 평창동, 성북동, 한남동 등 부유층은 모두 산 아래 또는 비탈진 언덕 같은 곳에서 아래를 내려다보며 살고 있다. 그러니 그 시절 내가 얼마나 부자였다는 말인가. 생각만 해도 웃음이 나온다. 또 좋은 것은 언제나 엄마가 곁에 계셨다는 것이다. 뛰어놀다가 돌부리에 넘어져 울기라도 하면, 귓가에는 늘 다정한 엄마의 숨결이 느껴졌다.

"우쩌쪄, 괜찮은 거야?"

"앙, 앙, 앙."

"어디 봐봐. 어떤 나쁜 놈의 돌부리가 우리 이쁜 딸에게 생채기를 남긴 것이여?"

걱정스러운 말에 울음소리는 더욱 커졌지만 아프지는 않았다. 엄마의 사랑을 받고 있음을 확인하는 안심의 투정이었다.

"괜찮아, 괜찮아. 된장 바르면 싹 나을 것이여."

"……."

가난이라고 그 없던 시절이 어쩌면 누리는 것은 더 많았다. 지금은 그놈의 돈이 무엇인지 먹고사는 것 외에도 교육비며, 집세며, 대출금 이자 등등 맞벌이하는 부모가 많으니 아이들은 어린이집에서 시간을 보내고 있는 것을 보면 말이다.

그러나 아버지는 늘 바쁘셨다. 언제나 새벽 3시에 일어나셨다. 365일 늘 변함없는 기상 시간. 가장의 무게는 참으로 쉽지 않은 일이다.

"구시렁구시렁."

투정이라도 한마디 내뱉을 터인데, 아버지는 늘 조용하셨다. 일찍 일어나서 동네의 소일거리를 찾아하셨다. 이곳저곳 봇짐을 나르고 품삯을 받으셨다. 학교에서 급식이 있는 날이면 나눠 줄 빵, 밀가루 같은 것도 아버지 등 뒤에서 옮겨졌다. 품값이 적다 보니 가난을 벗어나기란 쉬운 것이 아니었다. 그럼에도 어머니는 한 푼 두 푼 모아 농사를 짓기 위한 땅을 조금씩 늘려 가셨다.

그런 아버지의 별명은 검정고무신이셨다. 아버지는 어머니의 알뜰함에 한 푼이라도 더 보태시겠다고 울퉁불퉁한 돌길을 맨발로 다니셨다. 맨발로 흙길을 다니니 쉬 더러워졌고, 돌길을 걷다 보니 발뒤꿈치는 굳은살이 맺혀 악어 등가죽처럼 보였다. 그런 발을 보며 마을 사람들이 아버지에게는 보이지 않는 검정고무신이 신겨 있다고 붙여 준 별명이다.

그런 아버지인데, 한 푼이 아까워 어쩔 줄 모르시던 분인데 유독 내게는 빨간 구두를 사 주실 정도로 아낌없는 분이셨다. 아직도 잊혀지지 않는 강렬한 기억, 그 빨간 구두는 학교 친구들에게도 큰 뉴스거리였다.

초등학교 졸업 후 중학교 입학을 위해 유학 생활을 시작했다. 초등학교가 분교다 보니 우리 동네에는 중학교가 없었다. 그러다 보니 중학교 진학을 위해서는 누구나 유학 생활을 해야만 했다. 그렇다고 모두 중학교에 진학하는 것도 아니었다. 지금이야 중학교가 의무교육이지만 그 당시에는 형편에 따라 또는 부모님의 학구열에 따라 진학과 취업의 선택을 할 수밖에 없었다. 다행히 나는 중학교에 진학할 수 있었다.

그런 내가 또 다행인 것은 오빠가 먼저 중학교에 재학 중이어서 그곳으로 거처만 옮기면 되는 것이었다. 그렇게 오빠가 중학교를 졸업하고 고등학교 진학을 위해 거처를 옮기면 그 빈자리를 동생들이 채웠다. 그렇게 세월이 흘러 고등학교를 졸업하고 어엿한 성인이 되었다. 마땅한 일자리를 잡지 못해 서울에 있는 이모 댁으로 거처를 옮겼다.

서울에서의 생활은 말 그대로 신세계였다. 건물도 하늘 높은 줄 모르고 높게 지어져 있고, 사람이 많은 만큼 자동차도 많았다. 그곳에서 이제 나의 꿈을 펼칠 수 있음에 한없이 기뻤다. 이제 돈을 벌 수 있다. 돈을 벌면 나는 추억 가득한 그 초라한 시골집을 멋들어지게 리모델링하고 싶었다.

첫 직장은 조그마한 인쇄소였다. 직원이 몇 명 되지는 않았지만 돈을 벌 수 있다는 생각에 열심히 일했다. 그런 노력으로 주위 사람들로부터 오래 일했으면 좋겠다는 말을 들었다. 그 걱정이 기우가 된 것일까? 얼마 지나지 않아 돈을 더 주겠다는 제의를 받고 직장을 옮겼다.

이직한 직장은 택시회사이다. 돈이 아깝다며 늘 버스를 타고 다녔는데, 한번쯤 타 보고 싶었던 바로 그 택시. 택시가 많은 만큼 같이 일하는 사람이 늘어났다. 비록 운전하시는 분들이라 얼굴을 마주하는 시간은 짧았지만 가족같이 지냈다. 시간이 지날수록 통장에 돈이 쌓여 갔다. 그렇게 잔고가 늘어날수록 자신감도 쌓였다.

"엄마, 내가 우리 막내 키워도 돼요?"

"뭐라고, 네가 무슨 돈이 있다고 동생을 키워. 학생이라서 알게 모르게 돈이 많이 들어."

"그것도 모르고 그러겠어, 알고 있어요. 나 이제 그 정도 노릇은 할 수 있을 것 같아."

"그래도, 네 마음은 알겠지만……."

막내가 조금 더 좋은 환경에서 성장했으면 하는 바람으로 서울로 데리고 왔다. 가족이 늘어나니 정말 돈이 좀 더 들었다. 열심히 사는 수밖에 없었다. 그러다 보니 손 벌리는 형제에게는 자의반 타의반으로 도움을 줄 수밖에 없었다.

　어느 날 큰 오빠가 결혼을 하겠다며 여자를 데려왔다. 자식을 낳아서 결혼을 시킨다는 것은 부모 노릇 다한 것이라는 말이 있는데, 부모님도 기쁘시겠지만 문제가 있었다. 결국 돈이다. 결혼을 하려면 살 집이 있어야 하는데, 결혼하겠다는 오빠에게 준비된 것은 아무것도 없었다. 그렇다고 아버지 사정이 좋아서 도와줄 형편도 못됐다. 결혼은 경사라는데 돈 문제로 아버지와 어머니의 싸움이 잦아들었다. 결국 내가 살고 있던 전셋집을 오빠에게 주고 나는 조금 더 작은 집, 조금 더 외곽진 마석으로 옮겼다.

　그게 시작이었을까? 내가 첫 딸이어서 그랬을까? 다섯 자식 중 분명 내가 셋째임에도 장녀라는 무거운 추가 내 등에 업혀 있었다. 마석 집도 조금조금 돈을 모아서 내 집으로 장만하였는데, 결국에는 작은오빠의 결혼과 함께 선물 아닌 선물로 줄 수밖에 없었다.

　그 이후 도봉동으로 목동으로 참으로 많은 집을 전전하며 살았다. 그래도 기분이 나쁘거나 슬프거나 그렇지는 않다. 이러한 것도 다 내가 이길 수 있을 정도이기에 주어진 것이라 믿었다. 힘이 들면 툭툭 바지 밑단의 먼지 털 듯, 그렇게 털어 버리면 그만이었다.

회사 회식이 끝나고, 사람들을 따라 볼링장에 몇 번 갔었다. 통쾌한 소리와 함께 넘어지는 핀의 모습. 그리고 스트라이크를 날린 후 뿌듯해하는 사람들의 모습이 보기 좋았다. 얼마 지나지 않아 볼링클럽에 가입하였다. 본격적인 운동을 시작했다.

운동을 시작했는데, 나는 분명히 운동을 시작했는데 한 남자는 연애를 시작했다. 꼬질꼬질한 모습, 세수를 한 것인지, 옷은 세탁해서 입었는지, 정말 분간할 수 없을 정도였다. 그 모습이 어릴 적 남동생 모습과 같아 낯설지 않았지만 그래도 다 큰 어른이 저러고 있으니 참 한심해 보였다. 그런 사람이 내가 좋다고 했다.

'아, 머리 아파. 하필이면 왜! 왜? 나지? 아니 어떻게 저런 사람이 나를 좋아할 수 있지? 아니길, 정말 아니길.'

정말 머릿속이 복잡했다. 감히, 어떻게, 나를. 이 단어가 머릿속에서 맴돈다. 그런데 한편으로 내 속에서 그 사람을 분석하고 있었다.

'나보다 세 살 많은 남자. 뭐 나이 차이는 적당한 것 같은데 저렇게 멋을 부리지 않으니 착실한 것 같기는 한데, 돈은 모았을까? 착하기는 하겠지. 저렇게 하고 다니는 게 안쓰럽기는 하지. 우째 내가 우렁각시가 되어 줘!'

미운 마음 한번, 흔들리는 마음 한번. 싫기는 한데, 그 남자의 부족함이 나의 모성애를 자극했다. 결국 연애를 시작했다. 사실 연애라는 생각은 그 남자이고, 나는 만나기는 하지만 사귄다고 못을 박지는 않았다. 그럼에도 차를 마시고, 식사도 같이하고 있으니 남이라고 하기에는 모호한 관계였다. 그렇게 연인이면서 아닌 척, 아니면서 연인인 척 시간이 흘렀다. 그러던 어느 날이었다.

"은화 씨, 우리 데이트할래요?"

"지금 하고 있잖아요."

"아…… 그러네요."

"싱겁기는, 왜요? 무슨 할 말 있어요?"

그날 따라 그 사람이 좀 다르게 행동했다. 오줌 마려운 강아지마냥 우물쭈물하는 모습, 정말 무언가 할 말이 있는 듯 보였다.

"아, 아니에요. 그냥, 오늘은……."

"뭔데요. 아, 정말 사람 답답하게!"

"네, 은화 씨. 말할게요."

"네, 뭔데요."

"저…… 은화 씨. 나와 결혼해 주세요. 제가 가진 것은 없지만 그래도 건강한 육체와 건전한 정신, 대한민국 그 어떤 남자보다 은화 씨를 행복하게 해 드릴 자신이 있다구요."

"네?"

헉, 사귀자는 말을 듣던 그날과 같은 마음이었다. 왜? 또 왜? 그냥 이렇게 사귀는 건 어떤데? 왜? 왜? 왜?

"못 들으셨어요? 저와 결혼해 주세요."

"아니, 들었어요. 그래도 결혼은……."

여러 가지 생각이 주마등처럼 스쳐 갔다.

'사귀면, 그래 사귀면 모두 결혼하는 거야? 그거는 아니잖아. 정말 사귀는 것을 정하는 것도 어려웠는데. 왜? 결혼도 나와 해야 하냐고?'

그런 내 마음도 모르고 그 사람이 말을 이어 갔다.

"정말 오래 생각했어요. 내 인생에서 은화 씨 같은 분은 뵐 수 없을 것 같다고. 그래요, 부족할 수 있겠지요. 그렇지만 부족하다는 것은 채울 수 있는 희망도 있잖아요."

"그래요, 부족한 것은 채울 수 있겠지요. 하지만 채우기 위해서는 그 마음이 모여야 하는 게 먼저일 것 같아요."

나의 대답에 그 사람의 얼굴이 굳는다.

"네? 그럼 제 청혼을 거절하신다는 건가요?"

"아니 거절한다기보다, 저보다 더 좋은 사람이 기다리고 계실 거예요."

"네? 그럼 저랑 지금까지 장난하신 거예요? 사람을 만나는 것이 장난이

냐구요."

나의 한마디에 그 사람이 갑자기 화를 내기 시작했다. 정말 어린아이 혼내듯 뭐라고 꾸중을 늘어놓았다. 그러더니 갑자기 차에 시동을 걸고는 무조건 달리기 시작했다. 달리는 그 시간 동안 겁이 날 정도로 운전을 난폭하게 하였다. 신호 위반, 차선 위반, 끼어들기 위반 등등 그날 위반한 것을 모두 모으면 아마 면허정지 이상의 벌점이 부과될 것 같았다. 얼마나 달렸을까? 한적한 도로 옆에 차를 세운다. 그리고는 이유 없이 조수석에 앉은 나의 뺨을 때린다.

'헉, 이건 뭐지?'

그 남자의 순정? 마음이 혼란스럽다. 한편으로는 겁이 나고, 한편으로는 이 사람이 정말 나를 끔찍이 사랑하나? 정말 그러나? 암튼 복잡한 생각이 머리를 스쳐 지나갔다. 무엇보다 이 자리를 모면하고 싶었다. 결국 알았다고 고개를 끄덕였다.

집에 돌아와 곰곰이 생각해 보았다. 내 안에도 이미 그 사람은 마음 깊이 들어와 있었다. 그래도 여자라고 백마 탄 왕자가 내 앞에 나타날 것이라는 기대 때문에 그랬던 건가? 내게 자문하며, 상황을 모면하려고 했던 결혼을 정말 하기로 마음먹었다. 그렇게 내 나이 스물하고 여덟에 부부의 연을 맺었다.

결혼을 하고 나니 여기저기 돈이 더 필요했다. 아직 부모가 되지는 않았지만 어른으로서의 무게가 더해진 듯했다. 그럴수록 시골에 계신 부모님께 하나라도 더 해 드려야겠다는 생각이 들었다. 그래서 다니던 직장을 그만두고 노력하는 만큼 돈을 벌 수 있는 보험회사로 이직했다. 그러나 뜻대로 되지 않는 법이 이번에 제대로 나에게 찾아왔다. 3년이라는 시간을 투자했지만 만족한 만큼 벌이가 되지 않았다. 결국 보험 일도 그만두었다.

　지금까지 이런 적은 없었는데, 마음처럼 모든 일이 이루어지지는 않았지만 그래도 부족한 적은 없었는데, 좀처럼 되는 것이 없다. 딱 그 무렵이었다. 좋게 말하면 사업, 작게 말하면 장사. 그래, 내 일을 해 봐야겠다고 생각했다. 마땅한 상점도 나왔다. 그러나 권리금, 보증금 등 가게를 차리기에 충분한 돈이 수중에는 없었다.

　하려는 장사가 호프집이라는 말에 남편의 반대도 이만저만이 아니지만 돈이 없으니 마음에 들어도 시작하기에 어려움이 있었다. 그러나 너무도 하고 싶은 이 마음도 어쩔 수 없는 일. 친구에게 부탁해 돈을 빌렸다. 부족했던 4천만 원, 이자는 3부. 모두 안 된다고 말렸으나 이번만큼은 정말 잘될 것 같았다.

　미쳤지, 내가 정말 미쳤지. 장사라는 것이 마음만큼 되는 것이 아니었

다. 특히 호프집도 술장사라고, 다양한 어려움의 파도가 밀려왔다. 미성
년자에게 술을 잘못 팔아서 내야 했던 벌금, 동네 파출소에 알게 모르게
드려야 했던 무료 통닭과 명절 선물 등. 안 했어도 되는 것들을 해야만
잘될 것 같았다. 그러나 그것도 바람으로 그쳤다.

개업 2년, IMF가 찾아왔다. 가뜩이나 없는 손님이 반으로 줄었다. 지금
까지 줄어든 것은 소득뿐, 빌렸던 돈의 원금도 그대로이다. 그래도 허덕
이며, 망할 수는 없다며 이자는 밀리지 않고 꼬박꼬박 냈다. 그래도 연말
이라고 어느 정도 장사가 되었다. 이번 달 이자는 어렵게 구하지 않아도
될 것 같았다. 연말 장사가 끝나고 이것저것 정산하니 주머니에 20만 원
이 남았다. 새해라며 딸이 보고 싶다고 시골에서 아버지가 올라오셨다.

"우찌, 장사는 잘되는 거여?"

"그럼요, 아버지. 연말에 장사가 얼마나 잘되었다구요."

"근데, 왜 이리 손님이 없는 거여?"

"신년이잖아요. 원래 연초에는 사람들이 금연하겠다, 금주하겠다, 건
강과 관련해서 이런저런 약속을 하다 보니 한두 주간은 장사가 좀 뜸해
요."

"그려, 그럼 다행이구. 목구멍이 포도청이라고, 그래도 먹고살려면 돈을
벌어야지. 암, 그래야지."

"걱정하지 마세요. 먹고살 만큼은 벌어요."

"그려그려."

늘 고생만 하시던 아버지에게 그나마 믿음을 주던 장녀까지 걱정을 드릴 수 없었다. 그러나 속으로는 아버지를 부여잡고 엉엉 울고 싶었다. 장사가 안 된다고, 사는 게 퍽퍽하다고 말씀드리고 싶었다. 아버지는 사는 집의 전세금도 빼서 가게 운영하는 데 보태고 나니, 지금 사는 집이 월세인 것도 모르셨다.

시골로 돌아가시겠다는 아버지께 전 재산인 20만 원을 드렸다. 그런데 너무 많다며 10만 원만 주라고 우기신다. 결국 아버지가 원하는 10만 원을 드렸다. 어쩌면 아버지가 "그려그려." 환한 웃음으로 딸의 거짓말을 알면서도 속아 주신 것인지도 모른다. 시골집으로 향하는 아버지를 배웅하고 돌아섰다. 돌아오는 내내 아버지가 이번 상경에서 하신 말이 귀에 맴돌았다.

"많이 팔았나, 많이 팔았어."

그래 많이 팔아야 하는데, 이제 남은 돈은 10만 원이 전부인데. 돈이 없을수록 쓸 곳이 많다. 쓸 곳은 많지만 가게 전기가 끊기면 안 되니 밀린 공과금을 내야만 했다. 그날따라 한 정거장 거리의 은행까지 걷는 게 귀찮았다. 남편에게 전화하니 온다고 기다리라 한다. 걷자니 귀찮고, 버스를 타자니 가까운 거리라 돈이 아깝고. 남편은 10분이면 도착한다지만 무작정 기다리는 것이 내키지 않아 은행을 향하기 시작했다.

지나고 나면 후회하는 것들. 그래 지금도, 오늘도, 내일도 어떤 일이 벌어질지 모를 일이지만, 지나고 나면 후회하는 것이 늘어나지. '왜 그랬을까. 정말 왜 그랬을까.' 후회가 이만저만 아니다.

사거리 횡단보도를 건넌 후였다. 뒤쪽에서 자동차 브레이크 밟는 소리가 크게 들렸다. 사고가 난 것일까? 뒤를 돌아볼 찰나였다. 조용하던 인도가 순식간에 시끄러워졌다.

"끼이익 쿵."

"악!"

"어머, 어머. 어떻게 해."

귀를 불편하게 하는 자동차 타이어 끌리는 소리, 무엇인가 큰일이 발생했는지 당황한 사람의 외마디 비명, 그 순간을 목격한 사람들의 걱정스러운 탄성까지.

"괜찮아요."

"네? 아, 네. 모르겠어요."

낯선 자동차가 내 앞에 서 있다. 등 뒤의 벽과 자동차의 앞 범퍼, 그 사이에 내가 서 있다. 아니 서 있는 것이 아니라. 끼어 있다는 것이 정확한 표현이다. 어느 나이 지긋한 어르신이 나를 잡아 주시고는 차를 빼라고 소리소리 지르셨다.

"미안해요, 정말 미안해요. 우회전을 한다는 것이 속력 때문에 교차로를 넘어 버렸어요. 정말 차가 이렇게 될 줄은 몰랐어요. 미안해요."

당황한 모습이 역력한 여자가 다시 운전석으로 돌아갔다. 차가 뒤로 후진을 하였다. 다리 한쪽이 스르륵 하수구로 빠져 들어갔다. 깊은 수렁으로 빠지듯 내게서 멀리멀리 빠져 들어갔다.

10여 분 전 내게 온다던 남편이 사고가 난 것을 보았다. 불길한 마음과 혹시나 하는 마음으로 갓길에 차를 세우고 다가왔다. 차 사고가 난 것 같아 걱정을 하였는데, 그 대상이 나라는 것을 알아보았다. 남편은 다급한 목소리로 119에 전화를 걸었다. 정말 순식간이었다. 짧지 않은 순간인데 영화 필름의 단면처럼 순간순간이 조각으로 기억이 났다. 앰뷸런스가 종합병원 응급실로 향했다. 고통스러움도 느끼지 못하였다.

병원을 가는 동안 남편이 연신 눈물을 흘리며 "괜찮냐."며 계속 물었다. 아내가 사고가 났으니 얼마나 걱정이 되겠는가. 간혹 느껴지는 통증을 참으며, 눈빛으로 괜찮다며, 울지 말라고 답했다.

조금씩 통증이 더욱 심하게 느껴지기 시작했다. 그때까지도 머릿속이

멍했다. 경황이 없다 보니 그동안 통증도 느낄 수 없었나 보다. 응급요원이 나에게 물었다.

"이 발가락 느껴지세요?"

"네, 거기는 엄지인데요."

"그럼, 이 발가락은?"

"거기는 검지구요."

왼발, 오른발. 모든 발가락, 그 열 개의 발가락을 물었다. 나는 그 물음에 답했다. 병원에 도착했다. 응급실에서 의료진이 나오고 무엇이라, 무엇이라 응급요원과 의료진의 의견을 교환했다. 응급치료가 이뤄지고, 바로 수술실로 향했다. 자동차와 벽에 한쪽 다리가 짓눌려 형체를 알아보기 힘든 상황, 그 상태로 수술실에 들어갔다. 8시간의 수술 끝에 분리되었던 다리가 다시 연결되었다. 힘줄도 완전 짓이겨져 있었지만 연결은 해 놓았으며, 다리 형태를 유지할 수 있도록 위아래로 철심을 박아 놓았다. 사고가 난 다리가 처참하게 너덜거렸던 것이다.

시골로 향했던 아버지가 사고 소식을 듣고 집에 도착하자마자 다시 서울로 오셨다. 병원 침상에 누워 있는 나의 발가락을 만지셨다. 감각이 있냐고 연신 물으셨다. "그렇다."고 답하고 싶지만, 아무 느낌이 없었다. 오른쪽 발가락이 시간이 흐를수록 까맣게 괴사되고 있었다.

"정말 빨리 결단을 하셔야 합니다."

"그래도 하는 데까지는 해 봐야지요."

"지금까지 최선을 다한 것입니다. 아니었다면 응급실에 오시는 상황에서 아마 절단 수술을 하자고 말씀을 드렸을 것이라고요. 우리도 상황이 좋아질 것이라 생각했는데, 그래서 어떻게든 해 보려 했는데……."

의사 선생님은 그간 정성을 들인 것과 고생하신 것을 넋두리하듯 늘어놓으셨다. 최선은 하였다고 하지만 우리 가족에게는 결과가 중요했다.

"선생님, 어떻게 방법이 없을까요?"

"그 마음은 알지만, 그래도 환자를 위해서 말씀드리는 것입니다. 이제 결단이 필요한 시기가 되었다는 말입니다. 빨리 수술을 하지 않으면, 정말 큰일 납니다. 만약에 핏줄을 타고 염증이 위로 올라가기라도 한다면 잃는 부위만 더 커지는 겁니다. 지금은 어떻게든 무릎이라도 살려 보겠지만 말입니다."

그렇게 가족도 나도 괜찮을 거라는 희망 안에서 살았다. 그 희망 속에서 상처 치료를 받았다. 상처를 덮어 놓은 거즈를 하루에 두 번 교체하는 고통을 참았다. 분명 거즈를 들출 뿐인데, 생살을 찢는 듯 고통이 엄습해 왔다. 그래도 참을 수 있었다. 나는 괜찮아질 것이라는 믿음이 있었기 때문에…….

그렇게 괜찮을 것이라는 믿음과 반대로 의사들이 걱정했던 상황이 나타났다. 바로 괴사였다. 썩어 가는 살들을 가위로 잘라 냈다. 도려낼 수 있는 부위가 점점 줄어들었다. 어린 시절 땅따먹기 놀이하듯 다리에 붙은 살점이 조금씩 주인을 잃어 갔다.

　결국 체념한 남편이 아버지를 찾는다. 고개를 숙이고 말을 하는 남편을 뒤로하고 아버지는 연신 "안 된다."고 고개를 가로저으셨다. 그럼에도 남편은 아버지를 설득할 수밖에 없었다.

　"아버님은 그래도 은화 씨의 멀쩡한 삼십 년을 보셨잖아요. 저는 은화 씨의 건강한 모습을 몇 년 못 보았다고요. 저는 두 다리가 멀쩡한 은화 씨도 좋지만, 무엇보다 제 곁에 있는 것이 중요하다고요. 흑흑흑."

　남편의 말에 아버지도 눈물을 흘리셨다. 이윽고 아버지도 체념하신 듯 고개를 끄덕이셨다. 사고가 발생한 지 21일. 결국 수술실에 들어갔다. 불안한 나에게 의사가 다가와 온화한 표정으로 말을 했다.

　"은화 씨, 너무 걱정하지 마세요. 비록 지금 괴사가 일어나서 절단이라는 말을 드리기는 했지만, 수술실 들어가서 상태를 보고 결정하게 될 것입니다. 꼭 절단하지 않을 수도 있으니. 너무 걱정하지 마세요."

　"네……."

　더 이상 말을 할 수 없었다. 내가 이 모든 상황을 감당할 수 있기만을 바랐다. 수술대에 누워 간호사가 불러 주는 숫자를 따라하다 스르륵 마취에 취했다. 기억이 없다. 고통도 없다. 눈이 감기는 순간 남편의 얼굴이 떠올랐다. 모든 가족이 걱정했겠지만, 누구보다 내게 큰 힘이 되어 준 사람. 치료받을 때마다, 고통스러울 때마다 괜찮다고 다독여 주던 사람. 수술 동의서를 쓰면서 정말 슬프게 눈물을 흘리던 사람. 참 고맙다.

수술이 끝나고 본격적인 고통이 시작되었다. 하늘이 노래지는 고통. 진통제를 맞아야만 잠을 청할 수 있었다. 고통은 있는데 마음은 편했다. 수술이 끝나고 회복실을 나오는데, 남편이 담요를 들춰 보았다. 남편의 그 표정으로 수술 결과를 짐작할 수 있었다. 내게 더 이상 오른발이 없다는 것을 알았다.

"엉… 엉… 엉……."

'이제 어떻게 살아야 하지? 죽어야 하나? 나 어떻게 해. 어제까지만 해도 비록 상태가 좋지는 않았지만 멀쩡했는데, 내가 어떻게 한쪽 다리로 살아가냐구.'

수술실을 나온 후 담담한 척, 괜찮은 척했지만 시간이 흐를수록 본심을 숨기는 것은, 거짓으로 산다는 것이 쉽지가 않았다. 결국 속내를 드러냈다. 주위 사람을 의식하지 않았다. 어머어마하게 울었다. 사람들을 만나는 것도 싫었다. 친구나 지인이 병문안을 온다고 하면 오지 말라고 고래고래 소리를 질렀다. 그래도 온다고 하면 죽어 버릴 거라고 소리쳤다. 그렇게 친구도 누구도 오지 못하게 했다.

그런 나를 보면서도 아버지는 가해자인 그 여자와 합의를 해 주셨다. 남편에게 합의를 해 주자고 설득을 하셨다. 아버지는 합의를 보며 그 여자에게 앞으로 딸 노릇 하라고, 은화에게 또 다른 다리가 되어 주라고 했다. 그녀는 그렇게 하겠다 했지만 합의서를 써 준 날 본 얼굴이 마지막이었다.

'그래 그 사람이라고 그렇게 하고 싶어서 그랬겠는가. 다만 길을 지나쳤으면 좀 돌아서 가지. 왜 무리하게 우회전을 하겠다고 인도로 돌진을 했는지. 사고를 당한 나도, 사고를 일으킨 그 사람도 모두 후회만 하겠지. 아쉽다.'

한동안 수술된 절단 부위를 보지 않았다. 무릎을 살린다고 억지로 수술을 하다 보니 환부가 짧았다. 이미 수술 전에 괴사가 일어났기에 다른 곳에서 피부를 이식해서 봉합 수술도 했다. 그곳으로 염증이 흘러내렸다. 그 염증이 섞인 진물을 매일매일 닦아내야 했다. 지금의 나를 외면하듯, 상처 또한 외면했다. 그런 며느리가 안쓰러웠는지 시어머니께서 병간호를 해 주신다며 하시던 일까지 그만두고 곁에 계셔 주셨다. 다리의 상처를 외면하는 나의 목욕까지 시어머니께서 해 주셨다.

6개월 만에 병원에서 퇴원하였다. 병원에 입원해 있는 동안 가게는 홀라당 날아가고 빚만 남았다. 집도 절도 없어 남동생 집으로 향했고, 얼마 후에는 여동생 집으로 옮겼다.

　사고가 난 지 8개월. 잃어버린 다리를 대신한다고 의족이 왔다. 모양은 그럴싸하지만 결국 내 다리는 아니었다. 내가 육백만 불의 사나이, 아니 숙녀도 아니고 기계 다리를 한다는 것이 받아들여지지 않았다. 내 장애를 받아들일 수 없었다. 그럼에도 살아 있는 숨을 끊을 수도 없는 노릇이었다.

　아니다, 아니다 하면서도 결국 의족을 착용하게 되었다. 목발을 사용해 다시 걷는 연습을 했다. 돌 무렵 아장아장 걷기 연습하듯 다시 세상과 소통을 위한 첫걸음을 시작했다. 걷기를 연습하며, 무엇보다 중요한 것은 예전 방식을 잊는 것이었다. 간혹 다리가 없다는 것을 잊고 걸으려다 넘어지기도 몇 번인지 모르겠다. 그렇게 새로운 삶을 새로운 몸을 받아들이는 시간이 필요했다.

　사고가 난 지 2년 후, 다리를 잃은 것에 대한 보상금을 받았다. 그 돈으로 빚을 갚았다. 사람 욕심이 밑도 끝도 없다는 말처럼, 적은 돈은 아니지만 큰돈도 아니었다. 빚을 갚고, 조그마한 살 집을 구하고 나니 다리 잃은 값으로 받은 돈도 바닥이 났다. 점점 하나밖에 없는 나의 다리,

하늘로 보내 버린 나의 반쪽을 인정하기 시작했다.

세상을 바라보는 눈이 조금씩 다른 곳을 보기 시작했다. 사고가 나기 전 삶의 중심에 금전적인 것을 두었었다. 가난이 싫었다. 잘살고 싶었다. 그 돈으로 부모님께 효도하고, 무엇보다 아버지가 직접 손으로 지으신 황토 시골집을 멋들어지게 고쳐 드리고 싶었다. 그런데 돈보다 다른 것이 보였다.

돈, 돈 하다가 사람이 죽을 수도 있는 법. 사람답게, 나답게 살아가야 겠다는 것들이 보이기 시작했다. 사고가 나서 이렇게 된 것도 어쩜 다행 이라고 느껴졌다. 만약에 그 만약에 라는 말에 지금 살아 있음이 감사하게 생각되었다. 아기를 낳고 싶다는 생각이 들었다. 그때서야 결혼을 하였음에도 우리에게 아기가 없음을 알았다. 아기에 대한 생각을 하지 않았음을 알았다.

'그래, 지금까지 왜 그리도 돈! 돈! 하면서 살았을까? 세상일이 모두 돈으로 해결되는 것도 아닌데. 사람 목숨을 돈으로 살 수도 없는 노릇인데.'

지금까지 잊고 있던 새 생명, 아기를 생각하면서 지금까지 바라보던 세상, 지금까지 이해하려고 하던 세상이 조금씩 바뀌었다. 머리부터 발끝까지 정말 소중하지 않은 것 없지만 한쪽 다리를 잃은 후 하나 둘 얻는 것들이 생겼다. 다리를 잃고 소중한 아들과 딸을 얻었다. 그렇게 느껴졌다.

　아이를 얻고 나니 조금 더 안정적인 집이 필요했다. 또 이사다. 도대체 얼마나 이사한지 모르겠다. 그래도 즐겁다. 없는 살림에서 정이 난다고, 내 몸의 일부분이 없고 나니 삶이라는 것이 더 억척스럽게 행복으로 다가왔다.

　"엄마, 엄마는 다리가 왜 그래?"

　"응, 이거?"

　"음, 다른 엄마들은 다리가, 아니 발이 두 개인데 엄마는 로봇 다리를 빼면 하나야."

　"그래서 싫어?"

　"아니, 난 울 엄마 다리는 변신 로봇처럼 보여서 좋아."

　"그래, 엄마는 다리를 잃었지만 슬프지는 않아."

　"왜? 다리가 없으면 슬픈 거야? 다른 사람들은 슬퍼해?"

　"아니, 슬픈 것은 아니야. 엄마가 같이 뛰어놀아 줄 수 없어서. 그래서 그렇지. 조금은 미안하거든."

　"괜찮아, 내가 뛰어노는 모습을 지켜보면 되지 뭐."

　아이들이 궁금해하는 엄마의 장애를 숨기지 않았다. 아니 숨길 수 없는 게 맞겠지. 눈앞에 바로 보이는 차이, 그 차이를 알려 주려고 노력했다. 더불어 자동차의 위험에 대한 설명을 꼭 덧붙였다. 사고는 늘 순간이라는 것을…….

그럼에도 두 다리가 있던 시절이 쉽게 잊혀지지 않는다. 아버지가 송이를 따신다고 산에 오르시는 모습을 보겠다며 아이를 안고 따라나서려는데 몸이 기우뚱, 결국 넘어졌다. 의족을 빼고 있던 것을 깜빡한 것이다.

그렇게 다리 하나 없다는 것을 망각하는 시간이 있는데, 그렇게 그냥 평범하게 생각하고 살 때가 있는데, 사람들은 이런 나에게 너는 장애인이라는 것을 확인시켜 주려는 것일까. 그런 것은 아니겠지만 걱정이라는 마음으로 생채기를 남겼다.

"은화야, 너는 정말 대단해."

"뭐가?"

"나는, 아니 난 말이야. 너처럼 그런 사고를 당해서 장애인이 되었다면 아마 죽었을 거야. 그러니까 이렇게 당당한 모습을 보면 부러워."

"왜? 이렇게 된 사람은 살면 안 돼?"

"응? 아니. 꼭 그런 것은 아니지만."

"나 살짝 기분 나쁠 것 같아. 나도 이렇게 살고 싶지는 않아. 그냥 사는 거라고. 내가 사는 게 특별해? 그건 아니잖아."

"아니, 그런 의도는 아닌데…… 미안해."

"난……."

더 이상 말을 하지 않았다. 내가 상처를 받은 것처럼 그에게도 상처를 남길 말을 할 것 같았다. 나는 대단하지 않다. 누구든 이렇게 되면 다 그냥 살게 된다. 자신은 절대로 장애인이 되지 않을 것이라는 착각으로, 내게 동정의 눈길을 보내지 않았으면 좋겠다. 나도 동정의 눈길을 보내는 당신처럼 장애가 없던 시절이 있었다.

나는 대한민국 국민이다. 그리고 여자이며, 아내이고, 두 아이의 엄마이다. 또 치킨밸리 프랜차이즈를 운영하며, 체인점과 공생하는 삶을 열심히 살아가고 있다. 정말 평범한 이웃 사람이다. 다만 장애가 있을 뿐이다. 당신의 옆집 사람이 파마를 했거나, 단발머리인 것처럼 다리가 불편한 사람이다.

다리가 불편하다 보니 아침에 의족을 착용하고, 밤에는 빼놓는다. 낮 동안 의족에 의지하여 걷느라 피곤한 다리에 마사지를 하며, 내일을 기약한다. 다리에 작은 생채기라도 나면 정말 고통을 이루 말할 수 없다. 깨진 유리가 가득한 길을 맨발로 걷는 통증이 올라온다. 그래도 걷는다. 걸어야 살 수 있기 때문에…….

그렇게 평범한 사람이다. 뉴스를 보며 불의에 분노하고, 사람들의 정겨운 모습에 눈물을 흘린다. 떳떳한 아이들로 키우기보다 아이들에게 떳떳한 부모가 되고자 노력하는 삶을 살고 있다.

지금도 연애 시절처럼 볼링을 한다. 의족이기에 마지막 피니시 자세가 불안할 수 있어, 공도 왼손으로 잡는 연습을 했다. 그럼 한결 부자연스러움이 줄어든다. 현재 서울시 볼링 대표 선수로 활동하고 있다. 지난해에도 인천 전국체전에 참가했으며, 올해도 강릉 전국체전에 참가했다.

안 되는 것은 없다. 하지 않는 것이 있을 뿐이다. 돈이 없던 시절, 다리를 잃던 시절, 그때는 힘들었다. 그 힘듦만큼 지금은 더욱 단단하고 알곡진 내가 있다. 바로 여기 있다. 세상이 나에게서 다리를 가져갔지만, 두 아이라는 소중한 생명을 선물한 것처럼…….

이제 세상을 향해 소리치고 싶다. 누구나 살 만한 가치가 있다고.

시각장애 엄마의 공룡 파워

"아님 말고."

시시각각 빠르게 변모하며, 삶을 복잡하게 만드는 인생. 그 치열하고 복잡한 삶이 이 한마디로 이렇게 간단해질 수 있습니다.

'아님 말고.'

이렇게 산다면, 이렇게 살 수 있다면 참으로 좋으련만. 미련이 무엇인지, 그 미련 때문에 우리는 그 복잡한 삶에 혼란까지 가중시키고 있지요. 이에 더해 최선이라는 말로 한계를 극복할 수 있다고 자기 체면을 걸어 보지만 결국 넘을 수 있는 산이 있고, 그렇지 못한 산이 있는 것도 현실입니다. 그럼에도 한계를 인정하지 않고 넘으려고 애를 쓰다 결국 상처만 받고 체념하며 돌아서는 일이 반복되고는 하지요.

이처럼 인생길에 놓여 있는 굴곡진 넘을 수 있는 산과, 넘지 못하는 산을 지혜롭게 바라보는 사람이 은진슬 씨입니다. 그녀는 여러 가지 직업을 갖고 있습니다. 먼저 아름다운 선율의 피아노를 치고, 삶의 다양한 경험과 지혜의 글을 쓰며, 영문 번역과 여러 가지 강의를 하고 있습니다.

이 외에도 대한민국 당당한 여자로서, 한 남자의 아내로서, 한 아이의 엄마로서, 그 역할도 톡톡히 하고 있습니다. 그중에 그녀가 제일로 아끼고, 자랑스럽고, 애정을 기울이는 것은 당연히 엄마의 역할입니다.

엄마 역할을 하는 것이 "뭐가 대수냐?"고 묻는 사람도 있습니다. 그러나 모르시는 말씀. 남자인 나로서 아이들과 홀연히 남는 순간 엄마의 역할이 무섭게 다가옵니다. 평소 쉽게 보이던 것들이 성난 파도처럼 내게 달려드는 것이요. 그러다 보니 아이들과 남게 되는 아빠들의 모습을 담는 TV 프로그램도 생겨난 것이 아니겠습니까.

"꼴값하고 있네!"

왜 내게 욕을 하냐고 따지는 사람도 있겠지만, 이만한 칭찬도 없는 것 같습니다. 그렇게 꼴값을 다하는 은진슬 씨. 이것저것 많은 일을 하면서도 하나하나 주어진 꼴의 값을 하기 위해 최선을 다하는 그녀. 하나라도 그 값을 다하는 것이 어려운 것이거늘 그녀는 언제나 어느 모습으로나 최선을 다하지만 과함이 없고, 부족함이 없습니다. 그리고 정말 넘지 못할 산을 만난다면 돌아가거나 차선을 선택할 줄도 알고 있습니다.

그런 그녀는 장애를 갖고 있습니다. 좀 더 자세히 말하자면 시각장애인입니다. 그것도 1급입니다. 보통 국가자격증이나 학교 석차는 열심히 공부해서 낮은 숫자를 획득하려고 합니다. 공부 1등을 한다는 것과 자격증 1급을 딴다는 것은 축하를 받아 마땅한 일입니다. 그러나 장애 1급이란 숫자는 축하받을 만한 일은 아닌 것 같습니다. 숫자가 낮아질수록 그 불편함이 더욱 가중되는 것이지요. 장애 진단으로 받을 수 있는 최고의 숫자가 바로 1급입니다.

"미국에 지내야 할 일이 있어서 국제장애인 증명서 발급을 받은 적이 있어요. 거기에는 나의 장애가 이렇게 정의되어 있었어요. 일반적인 시기능의 약 80% 이상 손상된 사람으로…… 좀 길게 설명이 되어 있기는 하지만, 마치 한우 등급처럼 느껴지기도 하는 1급이라는 숫자보다 훨씬 객관적이면서도 개인적이지 않은가요?"

그렇습니다. 장애인을 등급으로 표기한 숫자로는 개개인의 특성을 반영할 수 없습니다. 장애 판정 과정에서 개개인의 차이를 인정하고 그 차이에 대한 설명을 담는 노력을 기울인다면, 요즘 장애인 등급제에 대한 시끄러운 상황도 조금은 잠잠해지지 않을까요.

장애에 대한 이해가 부족하다 보면, 얼핏 시각장애인은 세상이 보이지 않는 사람으로 오해할 수도 있습니다. 그러나 지체장애인을 생각해 보면 그 보임에도 차이가 있음이 이해가 될 것입니다. 지체장애인들은 휠체어를 타기도 하고, 목발을 짚기도 하고, 조금은 불편해 보이지만 걷기도 합니다. 이처럼 시각장애인도 이와 같습니다. 디테일한 차이가 있는 것이지요.

"왼쪽 눈은 빛도 구별이 안 돼요. 오른쪽 눈은 앞에 있는 물체, 예를 들어 지금 제 앞에 있는 테이블 등은 식별할 수 있죠. 그래서 익숙한 곳의 이동은 가능해요. 또 장을 볼 때는 확대 독서기 같은 첨단 보조공학의 힘을 빌려 물건 가격표 등을 몇 십 배 확대해서 볼 수도 있어요. 그렇다고 문자 생활이 가능한 것은 아니라서 책 읽고 공부하는 건 점자로 한답니다."

당연히 장애가 있다 보니 비장애인보다 일상생활이 불편할 수밖에 없는 것은 현실입니다. 그러나 발전된 보조공학 덕분에 일상생활이 생각하는 것만큼 어렵지는 않다고 합니다. 또 시각장애로 인한 익숙해진 생활 패턴도 한몫을 하고 있겠지요. 조금 더딜 수는 있어도 안 되는 것은 없다고 합니다. 그리고 은진슬 씨가 가진 긍정. 하다가 안 되면 차선책이 있으니 크게 문제가 되지 않습니다. 은진슬 씨의 시력은 태어날 때부터 지금처럼 나쁘지는 않았다고 합니다.

"엄마 뱃속에서 일곱 달밖에 있지 못했어요. 엄마는 어떻게든 나를 건강하게 세상에 태어날 수 있도록 임신 5개월부터 노력을 하셨는데, 결국 엄마의 바람처럼 되지를 못했어요. 참으로 작은 몸집 1.4kg. 인큐베이터에서 조금 더 성장하기 위해 생활을 했는데 산소 과다 공급으로 후유장애를 가지게 되었어요. 뇌로 가면 뇌성마비가 되기도 하지만, 나는 미숙아 망막증이라는 병명으로 시각장애를 갖게 되었어요.”

사실 은진슬 씨가 남들보다 이르게 태어나는 순간부터 어머니는 선택을 해야만 했습니다. 영국의 대문호 셰익스피어 작품 〈햄릿〉의 “사느냐 죽느냐 그것이 문제로다.” 명대사처럼 작고 작은 모습으로 생명을 품고 태어난 아기를 ‘살리느냐 죽도록 두느냐.’의 선택이었지요. 그 당시 미숙아로 태어나면 아기 생명을 살리려고 애를 쓰지 않는 경우도 빈번했다고 합니다.

우선 인큐베이터에 대한 의료비가 너무도 비쌌습니다. 그리고 미숙아에 대한 의료기술도 지금보다 충분하지 않았지요. 은진슬 씨가 태어난 대학병원에서도 미숙아로 태어난 아기를 신문지로 덮어 놓고 숨이 끊기기만을 기다리는 경우도 있었습니다. 그래서 의사 선생님은 아기가 살더라도 발생할 수 있는 문제 등을 충분히 설명해 주었습니다. 그래서 선택 아닌 선택을 해야만 했지요.

“선생님, 살려 주세요. 우리 아기를 살려 주세요.”

"장애가 있을 수 있어요. 그것에 대한 충분한 이해는 하신 것이지요?"

"그럼요. 이 아이가 살아만 있으면, 그렇게 살아만 있으면 장애가 있더라도 그것에 맞게끔 키울 수 있어요."

그 말 한마디는 장애는 인정하면서도, 그 장애를 특별하게 받아들이지 않고 올바르게 성장할 수 있도록 한결같이 바라보며 교육하셨습니다. 그래서 은진슬 씨는 주위로부터 자존감이 높다는 이야기를 듣는데, 그 자존감의 8할은 어머니의 영향이었습니다.

부모님은 앞이 잘 보이지 않는 그녀에게 무엇이든 가르치셨습니다. 여섯 살 무렵부터 피아노는 물론 미술학원, 무용학원에도 보내셨습니다. 3녀 1남 둘째인 그녀에게 다른 자매들과 똑같은 경험을 할 수 있도록 해주신 것이지요.

물론 눈으로 발레 동작을 보고 따라할 수도 없었습니다. 그림 또한 마찬가지였지요. 그럼에도 부모님은 모든 가능성을 열어 두고, 차이는 인정하면서도 교육에서 차별은 없었습니다. 그러한 관심과 사랑을 확인받는 것만으로도 그녀는 충분했습니다. 그리고 이런 관심과 사랑이 그녀의 숨은 재능을 찾아주는 계기도 됩니다.

그녀는 지적 호기심이 많았습니다. 그러다 보니 형제들이 공부하던 자음과 모음, 구구단 등 벽에 붙여 둔 교재에 관심도 보입니다. 그러나 그녀가 보기에 글자 크기가 작다 보니 참으로 많은 질문을 합니다. 어머니는 스케치북에 손수 한글, 숫자, 구구단까지 매직으로 큼지막하게 적어줍니다. 덕분에 또래들보다 한글도, 숫자도 빨리 깨우칠 수 있었습니다.

그녀의 어머니는 무엇보다 시각적 자극을 잘 받지 못하는 장애 특성을 고려해서 종이접기, 자석교구 같은 촉각적 자극을 많이 주셨습니다. 이러한 노력이 나중에 그녀가 당당하게 사회의 일원이 될 수 있도록 성장할 수 있는 토대가 됩니다.

다만 그녀가 초등학교를 입학하면서 장애로 인한 어려움이 발생합니다. 선생님이 칠판에 적은 글을 받아쓰라고 합니다. 선생님의 말씀이니 하기는 해야겠지만, 보이지는 않고 난관에 부딪칩니다. 결국 그녀는 옆자리 친구의 글을 따라 적습니다. 문제가 발생합니다. 그녀는 어머니의 자극으로 한글을 배웠지만, 짝꿍은 선생님의 글을 이해하고 적는 것이 아니라 그리는 수준이었던 것이지요. 결국 따라서 적는다는 것이 오답을 그대로 옮기는 오류가 발생합니다. 그 모습을 지켜보던 어머니는 결심에 따라 그녀와 비슷한 장애를 가진 친구들이 있는 특수학교로 전학을 보내게 됩니다. 그러나 특수학교에 적응하는 것이 더욱 어렵게 다가옵니다. 그 어려움과 대학교 진학을 목표로 두고 있는 그녀의 계획이 특수학교 입학을 통해 틀어지듯 보였습니다. 대학을 가기 위해서는 비장애인 친구들과 경쟁을 해야만 하는데, 특수학교라는 작은 울타리에 나를 왜 가두었냐고 그녀는 엄마에게 따지듯 묻습니다. 그 물음에 엄마는 초등학교 시절의 그 받아쓰기 사건에 대해 언급하셨습니다.

"네가 만약, 누구보다도 똑똑한 네 딸이 칠판이 안 보여서 짝꿍의 한참 모자라는 답안지를 베껴 쓰는 모습을 본 엄마였다면, 어떤 결정을 했을 것 같아?"

그 말에 그녀는 어머니의 마음을 보았습니다. 그 마음이 보이고 나니 그녀 마음도 아팠습니다. 최선을 다해 열심히 하기로 마음먹습니다. 그럼에도 그녀는 특수학교 교과과정이 쉽게 이해되지는 않았습니다.

평범한 그녀에게 교육현장은 평범하지 않았습니다. 차이는 인정해도 차별하지 않았던 어머니의 관심과 사랑과는 다르게 다가왔습니다. 그러나 수긍할 수밖에 없었습니다. 대한민국의 특수하지 않은 특수교육…….

서울맹학교는 초, 중, 고등학교 교과과정을 한 곳에서 배울 수 있도록 하고 있습니다. 그러나 주로 배우는 것은 안마와 침 등으로 이와 관련된 업종에서 종사할 수 있는 사람을 양성하는 과정입니다. 그러다 보니 비장애인의 교육과정과는 사뭇 다른 것에 치중할 수밖에 없습니다. 그래서

대학이라는 목표가 있는 시각장애인에게는 개별적인 목표와 실천이 필요
했습니다. 그 어렵고 험난한 길을 그렇게 그녀 혼자의 힘으로 갈 수밖에
없었습니다.

은진슬 씨는 어릴 적 경험한 피아노에 대한 열정을 놓지 않고 꾸준히
노력했습니다. 초등학교 졸업 무렵, 연주해야 할 곡의 수준은 점점 높아
지는데 비해 점자 악보를 국내에서 점역하거나 구하기가 너무 어려워지
면서 피아노 연주를 포기하기도 했었습니다. 그러나 그녀의 재능을 알아
본 중학교 음악 선생님 권유로 피아노를 다시 시작합니다. 그렇게 음대
에 입학하여 피아노를 전공하고 싶었습니다.

피아노를 열심히 치고 싶은 그녀의 바람이 큰 만큼 주위 사람의 반대도
많았습니다. 대학을 가더라도 장애를 고려해서 특수교육학과나 사회복
지학과를 추천하였습니다. 평양 감사도 본인이 하고 싶어야 하는 법. 그
녀는 같은 시각장애를 갖고 있으면서도 중앙대학교 음대에서 수석으로
피아노를 전공하고 있는 10살 많은 오빠를 롤모델로 정하고, 정말 열심
히 노력했습니다.

그런데 그녀의 앞길을 막으려고 드는 높은 산들은 꾸준히 나타났습니
다. 이번에는 피아노 레슨을 해 주실 교수님들의 편견이었습니다. 오디션
을 보러 가면 아픈 말로 그녀의 꿈을 좌절시키려 했습니다.

"아니, 악보도 못 보는데 어떻게 피아노를 칠 수 있겠어? 그리고 특수학교 재학한다면서. 지금 예술고등학교 다니는 아이들을 가르치기에도 시간이 부족한데, 피아노를 학교에서 전공하지 않는 친구에게 어떻게 소중한 시간을 낼 수가 있겠냐고."

그러나 목표가 확실하다 보니 이번에는 돌아가거나 차선책을 선택할 것이 없습니다. 어머니도 그 마음을 아시고 레슨비를 배로 줄 테니 가르쳐 달라고 사정에 사정을 하셨습니다.

어쩌면 교수님의 편견이 틀린 것도 아니었습니다. 악보를 볼 수 없다 보니 모든 곡을 외워야 하는 그녀에게 점자악보를 구하는 것에는 한계가 있었습니다. 특히 우리나라에서는 점자악보를 만들 수 있는 사람조차 없어 미국이나 일본에서 구해야 했습니다. 그래도 구할 수 없는 경우에는 지인의 도움으로 미국 국회도서관에서 불법으로 대출을 받아 가며 겨우 피아노를 칠 수 있는 상황이었습니다. 특히 입시를 위해서는 필요한 곡들을 점역해 줄 수 있는 외국인 점역사까지 도움을 받아야 했습니다. 이는 시각장애로 인한 핸디캡에 악보라는 문제까지 산 넘어 산이었습니다. 그럼에도 결코 흔들림은 없었습니다.

또 하나의 문제는 대학 진학을 위해 내신에 대한 공부도 멈출 수 없었다는 점입니다. 그렇다 보니 특수학교 수업인 안마, 한방, 전기치료, 해부 생리 등의 공부에도 부족함이 없어야만 했지요. 게다가, 이와는 별도로 국어, 영어, 수학 등 일반 교과과정 역시 따로 알아서 공부해야만 했습니다. 특수학교다 보니 시각장애인의 특성 및 직업관련 교육을 반영한 수업의 비율이 높았기에 상대적으로 일반 교과과정은 대폭 감소되어 있었습니다. 부족한 부분은 과외를 하였는데, 특히 인상적이었던 건, 사회탐구 영역의 경우에는, 대학교까지 졸업하고 직장을 다니던 그녀의 언니가 퇴근 후 학원을 다니며 칠판을 볼 수 없는 동생을 위해 손수 노트 필기를 해 가며 수업을 녹음해 주면서 도와주었다는 이야기였습니다.

이렇듯 그녀에게는 보이지 않는 어려움과 구하기 힘든 점자악보, 노력한 만큼 소리를 낸다는 피아노 연습, 개인적으로 준비해야 하는 국, 영, 수를 포함한 일반 교과과정까지…… 말 그대로 첩첩산중이었습니다.

꿈꾸는 자에게 희망은 있는 법. 그 한 줄기 희망의 빛을 따라 참으로 열심히 살았습니다. 1분 1초를 결코 헛되이 사용하지 않았습니다.

특히 피아노 전공을 희망한 만큼 부족한 연습 시간을 위해 잠을 줄였습니다. 모든 학생이 떠났던 수학여행도 포기해야만 했습니다. 수업 시간 중간중간 쉬는 시간마다 친구들이 화장실로 달려갈 때 그녀는 강당의 피아노로 달려갔습니다. 틈틈이 악보를 외우고, 피아노를 쳤습니다. 그렇게 꿈 많던 10대 시절 그녀에게 가장 두려운 것은 부족한 시간이었습니다.

어느덧 입시라는 결승선도 얼마 남지 않았습니다. 마지막 힘을 내야 했지만, 미숙아로 태어나 태생적으로 면역체계가 약했던 그녀는 양호실과 조퇴를 친구처럼 여기며 마지막 고지를 향해 겨우겨우 달리고 있었는데…… 결국 수능시험을 치르기 며칠 전 심한 감기몸살을 앓았고, 설상가상으로 실기시험 전날에는 마지막 레슨을 받고 오던 중 지하철역에서 쓰러져 응급실에 실려 갔습니다. 그럼에도 그녀는 아픈 몸으로도 긍정의 생각을 했습니다.

'여기서 끝나면 너무 억울하잖아. 오늘은 지금까지 갖고 있던 입시 스트레스가 몰려온 거야. 영양주사 한 대 맞고 툭툭 털고 일어나면 괜찮을 거야.'

그러나 생각과 달리 신장에 문제가 생긴 것 같다고 합니다. 종합병원 응급실로 가야 할 것 같다고 합니다. 다시 응급차에 몸을 실었습니다.

'내일 시험인데, 정말 중요한 시험인데…….'

그녀의 복잡한 머릿속과 달리 몇 시간째 검사가 이뤄졌습니다. 검사 결과 양쪽 신장에 문제가 있어 퇴원은 불가하다며, 새벽 무렵 응급실에서 입원실로 옮겨집니다. 포기할 수 없습니다. 지금까지 잡고서 놓지 않고 있던 희망의 끈을 놓을 수 없습니다. 그 노력을 평가 한번 받지 못하고 허무하게 놓아 버릴 수는 없었습니다.

긴 시간 엄마와 무언의 협상을 했습니다. 딸의 생명이 무엇보다 중요한 어머니를 그녀의 간절한 마음으로 설득했습니다. 결국 의료진을 피하여 병원을 도망치듯 빠져나와 시험 장소인 연세대학교로 향합니다.

학교에 도착했습니다. 제대로 몸을 가눌 수는 없었지만 조교의 안내에 따라 연습실에 들어갔습니다.

"피아노 앞에 앉으니 다행이라는 생각이 먼저 들었어요. 그런데 신기하게도 피아노를 치기 시작하자 언제 아팠냐는 듯 자연스럽게 연주가 되었어요. 그리고 얼마 후, 제 이름이 불리어졌고, 연주를 위해 대기하는 동안 내 앞 번호의 수험생의 연주가 들렸어요. 라흐마니노프 연습곡을 그야말로 치다 멈추고, 걸리고, 피아노 치는 사람끼리 흔히 하는 말로 거의 건반을 비비고 나왔더라구요. 그 친구가 그렇게 연주하다 보니 더욱 긴장이 되더라고요."

드디어 그녀의 차례. 심호흡을 깊게 마시고, 그간의 노력을 건반 위에 쏟습니다. 술술 넘어간다는 말처럼 연주가 흘렀습니다. 막힘도, 단 한 번의 미스터치도 없습니다. 그녀는 연주를 하며 알았습니다. 합격할 것이라는 것을……

그렇게 그녀의 노력은 빛을 발했습니다. 그 합격의 기쁨을 나눌 사람은 가족밖에 없습니다. 내신 1등급을 위한 학교 공부에, 개별적으로 할 수밖에 없었던 국, 영, 수 등 일반 교과 공부에, 손가락에 굳은살이 배길 정도로 해야만 했던 피아노 연습에 그 피나는 시간을 투자하느라 기쁨을 함께할 친구 한 명 없었습니다. 그럼에도 슬픔, 고통, 편견 등 알게 모르게 받은 상처와 힘든 싸움에서 승리한 자신에게 박수를 보냈습니다.

그녀가 꿈꾸던 고지, 그 대학 생활을 시작합니다. 더 이상 특수하지 않았던 특수학교는 아니지만 대학 또한 녹록하지 않을 것이라는 생각으로 정신무장을 합니다. 그렇게 전사모드로 3월의 싱그러운 교정을 내딛었습니다.

그녀의 생각은 틀리지 않았습니다. 시각장애에 대한 배려 또는 지원은 없었습니다. 수업 시간에 책도 읽을 수 없으며, 교수님이 칠판에 쓰신 글들은 더욱 읽을 수 없었습니다. 그러나 보이지 않는 산을 넘기 위해 더욱 치열하게 공부했습니다. 당당하게 중간고사에서 A학점을 받았습니다.

이렇게 노력의 결실로 희망과 행복을 하나하나 쟁취하는 그녀를 시샘했을까요? 대학교 2학년에 오른 봄이었습니다. 명확하게 보이지는 않지만 혼자 보행하는 것에 문제가 없었는데, 여기저기 부딪치기 일쑤였습니다. 가뜩이나 시력에 문제가 있었는데, 밝은 대낮에도 안개가 낀 듯 세상이 흐릿하게 보였습니다.

그러던 어느 날이었습니다. 400명이 참여할 수 있는 대형 강의실에서 교양과목의 발표를 마치고 강당을 내려오는데, 눈앞이 캄캄해졌습니다. 정말 당황스럽고 난처한 상황이었습니다. 눈앞에 안개가 낀 듯하고 자꾸 여기저기에 부딪치기가 일쑤였습니다. 보잘것없는 시력이었지만 그것마저 없어지니 정말 힘들어졌습니다.

"그때 그 상황을 부모님께 말씀드릴 수 없었어요. 고민하다가 혼자 병원을 찾아갔지요. 눈에 합병증으로 백내장이 와서 수술을 해야 한다고 하더라고요. 그런데 성공률이 열 명 중 두 명밖에 안 된다고, 더 큰 문제는 실패할 경우 잔존 시력까지 잃을 가능성이 있다고 하더라고요. 결국 혼자서 독립적으로 학교를 다닐 수 없게 되었어요. 부모님 몰래 휴학계를 내버렸어요. 태어나서 처음으로 일탈을 한 것이지요."

우여곡절 끝에 발병 1년 여 만에 두 번의 수술을 받았습니다. 그렇게 처음으로 안경을 쓰게 되었습니다. 안경은 그녀의 상황을 반영하여 수정체 역할을 할 수 있도록 제작되었습니다. 도움이 되어야 하는데, 적응 기간 동안은 고난의 연속이었습니다.

"식당에서 음식을 들고 자리로 돌아오려 해도 국그릇이 나한테 쏟아질 것 같았고, 올라가는 계단이 달려드는 것 같아 헛발질에 넘어지기도 했어요. 몇 개월 동안 안경을 쓰고 살아가야 하는 법을 다시 익혀야만 했어요. 시력이 더 나빠지긴 했지만 어쨌든 아예 안 보이는 것은 아니었으니 그나마 다행이라고 생각했어요."

이 상황에서도 그녀의 긍정이 빛을 발합니다. 그렇게 시간이 흘러 학교에 복학을 합니다. 더 이상 휴학을 미룰 수 없는 이유도 있었지만요.

"휴학하는 동안 내가 할 수 있는 가장 건설적이고, 의미 있는 일에 대해서 고민을 했어요. 아주 잠시이지만 공부에서 손을 놓고 보니 세상의 다른 것들이 보이더라고요. 휴학 기간 동안 우리 학교에 시각장애 후배가 세 명이나 들어왔어요. 그 후배들에게 맛난 밥을 사 주려고 했는데, 어느 음식점이 맛있는지, 어디로 술을 마시러 가야 하는지, 도통 알고 있는 곳이 없더라구요."

그렇게 혼란스러울 때 후배 한 녀석이 기분 나쁘지 않게 대뜸 따졌습니다. 누나는 1년 동안 뭘 하고 살았냐고. 먹을 것도 많고 놀 곳도 많은 신촌에 학생들 사이에 어디가 유명한 맛집인지, 어디가 안주를 많이 주는 술집인지, 이런 것도 모르고 산다고 말입니다.

그녀는 시각장애를 가지고 먼저 대학 생활을 시작한 선배로서 후배들에게 도움이 되고 싶었습니다. 하지만 지난 1년, 그녀는 시각장애 대학생으로 연세대학교라는 정글 같은 공간에서 살아남기 위해, 장애를 가졌다는 이유로 교수님들이나 친구들에게 있어 편견의 대상이 되지 않기 위해 악착같이 성적 관리만 했던 탓에 정작 후배들에게 해 줄 수 있는 것이 아무것도 없었습니다. 그럴 만한 여유가 없었다고 말하고 싶었지만 그조차 궁색해 보여 그만두고 말았습니다.

이때부터 그녀는 본인이 경험한 불편함을 후배들이 겪지 않기를 바라며 '시각장애 대학생들의 학습 여건 개선을 위한 제안서'라는 것을 쓰기 시작했습니다. 이를 위해 새로운 세상 공부도 시작했습니다. 미국 장애인법인 ADA는 물론이며, 우리나라의 편의증진법, 장애인복지법, 특수교육진흥법 등 장애와 교육에 관련된 모든 법률들을 꼼꼼히 읽고 머릿속에 넣었습니다. 그 제안서를 작성하는데 꼬박 1년이라는 시간이 걸렸습니다.

그 제안서를 시작으로 학교와의 소리 없는 전쟁이 시작되었습니다. 그렇게 우여곡절 끝에 2001년 3월 4일, 학교 내에 '아름터'라는 시각장애인 학습지원센터가 들어서게 되었습니다. 세상에서 처음으로 내가 아닌 우리를 위한 일을 시작한 것이었습니다.

세상은 그녀가 얼마나 단단해지기를 희망한 걸까요. 산 넘어 산이 또 찾아왔습니다. 2002년 여름, 무더위가 한창이던 날이었습니다. 청천벽력과도 같은 피할 수도 돌아갈 수도 없는 산이었습니다.

"더 이상 피아니스트로서 피아노를 연주하기는 어려울 것 같습니다."

친구의 아버지이자 족부 정형외과 전문의인 의사 선생님으로부터 이 말을 들었습니다. 몇 달 전에 겪었던 야맹증으로 생긴 사고로 발등 인대가 손상되어 더 이상 피아노의 페달을 밟을 수 없다는 것이었습니다. 상처를 받지 않도록 에둘러 말씀하셨지만 그 한마디는 가슴 깊이 비수로 꽂혔습니다.

자신의 전부를 잃게 된 그녀. 연인 같았던 악기를 더 이상 연주할 수 없다는 사실에 깊은 슬픔의 심연에 빠져 고통 속에 몸부림치기도 했지만, 이번에도 그녀가 갖고 있던 긍정의 힘이 발동합니다.

다시 피아노를 쳤습니다. 그러나 그날의 진단은 헛말이 아니었습니다. 노력으로 어떻게 해 볼 수 있는 그런 것이 아니었습니다. 연습이 더해질수록 다리는 통증을 호소하였습니다. 그 아픔을 달래 보려 진통제도 먹었습니다. 돈도, 시간도 들였지만 결국 망가져 가는 몸을 보면서 '안 되는구나!'를 알고 포기할 수밖에 없었습니다. 정말 이번만은 피아노를 치기 위한 돌아갈 길도 차선책도 없었습니다.

얼마 후 그녀는 미국으로 떠났습니다. 그곳에서 자신의 문제와 한 발짝 떨어져 자신의 마음이 시키는 대로 원하는 것들을 하며 지냈습니다. 비즈니스 스쿨 친구들 사이에 끼어 거시경제학 수업을 들으며 클래스에서 1등을 해 보기도 하고, 연세대학교에 '아름터'를 만들었던 경험을 살려 사회복지 대학원에 들어가 공부를 해 보기도 했습니다. 평소 관심이 많았던 세계적인 보조공학기기 전시회도 다녀 보고, 그런 경험 덕분에 귀국해서는 세계적인 시각장애 보조공학기기 회사의 기기 현지화 프로젝트에 참여해 일을 했었습니다. 이때의 다양한 경험들이 세상을 좀 더 너그럽고 포용적인 관점에서 바라보는 데에 많은 도움이 되었다고 그녀는 말합니다.

시간이 흘렀습니다. 어느 사이 그녀의 나이는 서른하고 둘이 되었습니다. 그럼에도 그녀의 긍정이, 그녀의 노력이, 달라진 것은 없었습니다. 일곱 달 만에 태어나 미숙아망막증으로 장애를 갖게 되었을 때에도, 대학교 2학년 백내장으로 시력이 더욱 나빠졌을 때에도, 사고로 인한 발등 인대 손상으로 인해 프로 피아니스트로서의 꿈을 접어야만 했을 때에도 늘 그녀의 중심에는 할 수 있다는 희망이 있었습니다.

서른 즈음부터 그녀는 본격적으로 글을 쓰기 시작했습니다. 속된말로 '보이는 게 없으니 무서운 것도 없다.'라는 말처럼 그녀는 자신이 잃어버린 피아노를 대신할 파트너로 글쓰기를 선택하여 치열하게 글을 썼고, 우리나라에서 크다고 할 수 있는 대형 출판사 10여 곳에 원고를 보냈습니다. 그런 도전 끝에 『괜찮아 아무렇지도 않아 : 시각장애인 피아니스트 은진슬의 아름다운 유리 주사위 놀이』 에세이를 출간하기도 하였습니다.

아무리 높은 산이 가로막더라도 불도저 같은 그녀의 추진력과 노력 앞에서는 한낮 언덕에 불과했습니다. 그녀는 정말 노력 덩어리입니다. 그런 그녀에게 현재는 수석보좌관 같은 남편과 정말 눈에 넣어도 아프지 않다는 똑똑하고 씩씩한 아들이 있습니다.

남편은 대학 시절 만났던 남자입니다. 그녀에게 "먹거리 많고, 볼거리 많은 신촌에서 1년 동안 학교를 다니면서 아는 곳 하나 없느냐?"고 따지던 바로 그 후배입니다.

그 수석보좌관인 남편은 그녀가 한국에 돌아와 살아가는 모습을 고스란히 지켜보고 있었습니다. 그는 석사과정을 마치고 회사에 다니고 있었습니다. 초등학교 시절부터 데면데면했던 사이인지라 참으로 오랫동안 알아 왔습니다. 그 당시 그는 여자 친구가 없었고, 은진슬 씨 또한 남자 친구가 없었습니다. 그렇게 한 달에 한두 번 만남을 가졌습니다. 식사나 커피로 일상을 나누던 만남이었는데, 서로를 알아 갈수록 알 수 없는 매력이 그들을 결혼으로 이끌었습니다.

결혼에는 꿈같은 달콤한 세상만 존재하는 건 아니지요. 선택에 따른 많은 책임과, 평생 서로 다른 가치관을 가지고 살아온 두 사람이 서로 맞춰 가며 배려해야 하는 노력이 필요함을 결혼한 사람들은 다 알고 있습니다. 거기에 결혼의 결실인 소중한 아이를 잘 키우기 위해서는 35년여 간 나 중심으로 돌았던 지구를 아이 중심으로 돌리는 발상의 코페르니쿠스적 전환까지 필요하죠. 그래도 사랑하는 남편과 아이와 공간을 공유하며, 시간을 함께 나눈다는 것은 참으로 기쁜 일이라고 그녀는 말합니다. 이러한 이 부부의 신뢰와 사랑 속에서 예쁜 아이가 태어났고, 지금은 건강하고 씩씩하게 성장하고 있습니다.

아이를 낳고는 어떻게 키워야 하는지 정말로 막막했습니다. 아이에게 모유를 먹이는 일도 시각장애를 가진 그녀에게는 쉬운 일이 아니었습니다. 또 그녀는 시각장애로 인해 아이에게 발생하는 이상이나 문제를 발견하지 못할까 전전긍긍하느라 식사도 잘 못하는 긴장의 연속이었습니다. 그러나 그것은 기우였습니다. 장애가 없어 불편함은 적더라도 모든 엄마에게 첫 아이는 모두 실습의 대상이었으니까요. 그녀도 아기와 교감을 나누며 함께 시간을 보냈습니다.

그런데 또 문제가 생겼습니다. 그녀 앞에 또 산이 찾아온 것이지요. 아기의 예방접종 출산에 따른 정기점검을 위해 간 병원에서 그녀의 몸에 문제가 있다는 것이었습니다. 아기의 보호자로 병원에 간 그녀에게, 의사 선생님의 그녀의 보호자를 데려와야 설명해 줄 수 있다는 것입니다. 설득 끝에 그녀의 몸에 생긴 문제를 들을 수 있었습니다. 바로 암이 몸 안에 있는 것 같다는 말이었습니다. 아무리 건강한 사람도 암이라는 말에 흠칫 놀라는 것을……

엄마가 된 그녀는 담담하게 그 말을 받아들였습니다. 다른 생각은 하지 말고, 아이의 입장만 생각하자 단단히 마음을 먹었습니다. 암에 대한 치료를 받고, 아이와 나름 같이 호흡하며 서로에게 익숙해지는 법을 배우는 사이 어느새 아이는 네 살이 되었습니다.

모든 사람의 인생 여정 속에는 크고 작은 산이 있는데, 그 시련을 공감하기란 어려운 경우가 참으로 많습니다. 대부분의 감정들은 지극히 개인적이며 주관적이기 때문이지요. 내 손에 박힌 가시가 남의 손에 박힌 칼날보다 훨씬 더 아프다고 느끼는 우리들의 모습이 이를 증명하는 건지도 모르겠습니다.

은진슬 씨의 삶도 평범합니다. 시각장애가 있다고 해도 비장애인의 삶과 별반 다르지 않습니다. 장애가 있어 특별할 것이라는 기대가 편견을 만드는 것이지요. 그녀의 지나온 삶에 대해 이야기를 들으며 지나온 나의 시간을 돌아보게 됩니다.

'작은 돌부리에 넘어져도 크게 울었는데. 혼자 인생의 모든 짐을 짊어진 듯 인상을 쓰며 살았는데……'

은진슬. 그녀의 삶에는 참으로 높고 낮은 많은 산이 찾아왔습니다. 그녀는 큰 돌부리에 넘어져도 결코 삶의 중심을 잃지 않았습니다. 오히려 그녀를 단단하게 만들었습니다.

"지금까지 살아오면서 들을 때마다 불편하고 거슬리면서도 나를 강하게 만든 말이 있어요. 바로 '네가 할 수 있겠니?' 시각장애를 가진 내 능력에 대한 사람들의 편견과 회의, 의심이 함축된 말이라고 할 수 있죠. 이 말은 제가 말을 알아듣기 시작한 순간부터 적어도 35년 이상 마치 진열대의 상품에 붙은 가격표처럼 나를 지리멸렬하게 따라다녔어요. 악보를 볼 수 없는 내가 피아노를 전공하겠다고 했을 때에도, 대입 면접을 볼 때에도, 혼자 유학을 가기로 결정했을 때에도, 결혼을 결심하고 결혼을 할 때에도 나는 할 수 있음을 증명해야 했어요. 친구들에게는 단지 선택의 문제였던 일들이 왜 내게는 항상 증명의 문제가 되었어야 하는지!"

그래서 그녀는 그렇게 전투적인 삶을 살아야 했고, 지금까지 살아온 시간은 이에 대한 답변이자 증명인 셈입니다. 그러나 겉으로 보이는 그녀의 단단함 안에는 참으로 부드러움이 있습니다.

그녀가 엄마로부터 물려받은 긍정의 힘과 노력하면 할 수 있다는 성실함과 아무리 넘지 못할 것 같은 벽이 앞을 가로막더라도 돌아갈 수 있는 지혜를 그녀의 하나밖에 없는 아들과 공유하고 있습니다.

그녀의 아들은 엄마와 책 읽는 걸 무척 좋아한다고 합니다. 눈이 좋지 않은 그녀에게는 뜻밖의 남다른 장점이 있습니다. 그건 바로 캄캄한 밤, 불 꺼진 방에서도 점자동화책을 읽어 줄 수 있다는 것이지요. 자기 전, 침대에 함께 누워 배 위에 점자동화책을 올려놓고는 세상에서 가장 편안한 자세로 아이에게 재미있게 책을 읽어 줍니다. 그녀가 '어둠 속의 책 읽기'라고 지칭하는 이 의식은, 아이가 시각장애를 좀 더 긍정적인 측면에서도 바라볼 수 있도록 해 주고 싶어 아이가 36개월 되던 때부터 하루도 빼놓지 않고 해 오고 있는 일이랍니다.

참으로 특별한 재능이 되어 버린 그녀의 장애. 그런 장애에 대해 귀여운 다섯 살 아들이 모두 이해하는 것은 아닙니다. 그러나 아직 어리고 한없이 순수한 아이에게는 혹시 모를 부정도 긍정으로 바꾸는 힘이 있습니다. 그녀의 아들이 세 살 때, 어린이집에 가기 싫었던 어느 날, 이렇게 말했다고 합니다.

"엄마, 공룡 파워로 어린이집 차 못 오게 부서트려 줘!"

그녀의 장애가 다른 사람들에게는 어떻게 비춰질지 모르지만 그녀의 세 살 아들에게 그녀는 뭐든지 다 해 줄 수 있는 '슈퍼맘'이었던 것입니다. 세 살 아이에게 엄마의 시각장애는 그리 심각한 문제도, 중요한 문제도 아니었던 거겠죠. 그녀의 아들이 엄마에게 보내는 무조건적인 신뢰는 어린 시절 어머니로부터 그녀가 받았던 믿음과 별반 다르지 않습니다. 그녀는 아들이 보여 주는 이러한 무한 신뢰를 느낄 때마다 장애에 대한 편견과 몰이해가 가득한 한국 땅에서 근 40년 가까이 살면서 받았던 그녀의 능력에 대한 숱한 회의와 부정과 의심으로 인한 상처를 한꺼번에 치유를 받는 것 같아 너무 행복하다고 말합니다.

　시각장애를 갖고 있다는 것은 비장애인보다 한참 뒤의 출발선에서 시작하는 달리기 시합과 별반 다르지 않습니다. 그럼에도 그녀는 지금까지 그러해 왔던 것처럼 앞으로도 그 뒤처진 시합에서 당당하고 동등하게 달릴 것입니다. 그녀의 삶에는 어머니로부터 그리고 아들로부터 받는 큰 에너지, 무조건적인 믿음이 있기에 말입니다.

　그녀는 오늘도 '세상에서 최고가 되는 것보다 최선의 삶을 살아가고자' 노력하고 있습니다.

한 걸음 한 걸음 소중한 삶을 기록하며

무심코 한 계절을 보냈습니다. 그리고 소리 소문 없이 찾아온 한 계절을 맞이했습니다. 바쁘다는 핑계로 시간의 흐름을 느끼지 못하고 있었음에도, 자연은 늘 이치와 순리를 따르고 있었습니다. 이렇게 봄, 여름, 가을, 겨울 사계절은 자신이 와야 할 때와 떠나야 할 때를 알고 있었습니다. 아쉽다고 잡거나, 힘들다고 놓아 버리지 않고 늘 한결같은 시기에 찾아오고 떠나갔습니다.

40대 중반의 길목에서 길지도 않고 짧지도 않은 지금까지의 삶을 돌아보았습니다. 첫사랑의 이별 통보에 미련이 남는다며 눈물로 발목을 잡던 스무 살 시절도, 둘째 녀석 태어나던 2008년 그 추운 1월에 아버지가 돌아가셨을 때도, 가난이 싫다며 부모님께 투정을 부리던 그날들이 떠올랐습니다.

그 시절 나는 이 모든 것을 받아들일 수 없었습니다. 나를 떠나던 그녀도, 아버지의 온기를 느낄 수 없음도, 아이들의 놀림이 되던 가난도 말입니다. 받아들일 수 없기에 간절한 마음으로 떼를 쓰면 내 마음처럼 될 것 같았던 그 시절이 떠올랐습니다.

지금은 알고 있습니다. 나를 버린 첫사랑보다 내 곁에 있는 아내가 더 사랑스럽고, 그리운 아버지의 온기를 느낄 수는 없지만 참 좋으셨던 분이라는 것과, 가난을 물려주지 않고자 부모님도 나름의 노력과 내게는 공부하라는 잔소리를 하셨음을 이제는 알 것 같습니다.

그렇다고 세상의 모든 이치를 모두 알게 된 것은 아닙니다. 이치를 모르니 당연히 순리를 따르고 있다고 말할 수도 없겠지요. 어쩜 순리를 따르다 보면 이치를 깨닫게 되는 것인지도 모르구요.

우리는 "응애." 하고 태어나던 순간부터 '죽음'이라는 예약 티켓을 발권 받고 순서를 기다리고 있습니다. 그 누구도 피할 수 없는 순리이지만 우리는 나만은 아닌 듯 살아가고 있습니다. 한 계절이 오고 가고 있음을 미처 알지 못하듯, 아직은 멀었을 것이라는 착각 속에……

우리 모두에게는 같은 양의 오늘이 주어집니다. 그 오늘이 모두에게 같은 횟수로 제공되지는 않습니다. 그럼에도 그 오늘이 지속적으로 찾아올 것이라는 기대 속에 미루며 또는 무의미하게 보내고 있는지도 모르겠습니다.

그 소중한 오늘을 더욱 소중히 생각하며 살고 계신 네 명의 여성 장애인을 만났습니다. 만남을 통해 한 분 한 분 소중한 삶의 발자국을 엿볼 수 있었습니다. 지금까지 오는 길은 참으로 순탄하지 않은 삶이었습니다. 그럼에도 "모두 그렇고 그런 거 아닌가?"라는 말로 아픔을 긍정으로 받아들이고, 순간순간에 충실히 살아오셨습니다. 그분들의 그 소중한 과정을 부족한 저의 글로 엮어 보았습니다.

우리는 모두 약속되어진 그 한 지점을 향해 달려가고 있습니다. 일등보다는 꼴등으로 골인 지점을 통과하고 싶은 것처럼……

삶도 꼭 일등으로 살아야 성공적인 삶은 아닌 것 같습니다. 힘이 들 때면 고개를 들어 하늘을 잠시 바라볼 수 있는 여유를 가질 수 있음도 감사한 일입니다. 그렇기에 어떤 과정에 놓여 있어도 지금 이 순간을 사랑하고, 또 사랑하고자 합니다.

여러분 사랑합니다. 그리고 늘 감사드립니다.

2015년 11월
하늘이 참 이쁜 가을날에
이강조